लुई कैरोल

प्रसिद्ध लेखक, गणितज्ञ, फ़ोटोग्राफ़र व कलाकार लुई कैरोल का जन्म 27 जनवरी, 1832 को इंग्लैंड में हुआ। उनका मूल नाम चार्ल्स एल. डॉजसन था। उन्होंने रग्बी स्कूल और ऑक्सफ़ोर्ड विश्वविद्यालय से शिक्षा प्राप्त की।

उनकी प्रमुख कृतियाँ हैं—'एलिसे'ज एडवेंचर्स इन वंडरलैंड', 'थ्रू द लुकिंग ग्लास', 'द हंटिंग ऑफ़ द स्नार्क', 'थ्री सनसेट्स एंड अदर पोएम्स', 'पिलो प्रॉब्लम्स' आदि।

निधन : 14 जनवरी, 1898

शमशेर बहादुर सिंह

शमशेर बहादुर सिंह का जन्म 13 जनवरी, 1911 को देहरादून, उत्तराखंड (तब उत्तर प्रदेश) में हुआ। उनकी प्रारम्भिक शिक्षा देहरादून में और बाद की शिक्षा गोंडा और इलाहाबाद विश्वविद्यालय में हुई। 1935-36 में उकील बन्धुओं से कला-प्रशिक्षण लिया। 'रूपाभ', इलाहाबाद में कार्यालय सहायक, 'कहानी' में त्रिलोचन के साथ रहे। 'नया साहित्य', बम्बई से जुड़े। 'माया' में सहायक सम्पादक रहे। 'नया पथ' और 'मनोहर कहानियाँ' में सम्पादन-सहयोग। दिल्ली विश्वविद्यालय में विश्वविद्यालय अनुदान आयोग की एक महत्त्वपूर्ण परियोजना 'उर्दू-हिन्दी कोश' का सम्पादन किया। 'प्रेमचन्द सृजनपीठ', विक्रम विश्वविद्यालय मध्य प्रदेश के अध्यक्ष रहे। 1978 में सोवियत संघ की यात्रा की। उनकी प्रकाशित प्रमुख कृतियाँ हैं–'कुछ कविताएँ' व 'कुछ और कविताएँ', 'चुका भी हूँ नहीं मैं', 'इतने पास अपने', 'उदिता : अभिव्यक्ति का संघर्ष', 'बात बोलेगी', 'काल तुझसे होड़ है मेरी', 'टूटी हुई बिखरी हुई', 'कहीं बहुत दूर से सुन रहा हूँ' (कविता-संग्रह); 'कुछ और गद्य रचनाएँ' (निबन्ध)। कई कविताओं के अनुवाद विभिन्न भाषाओं में हुए।

मध्य प्रदेश साहित्य परिषद के 'तुलसी पुरस्कार', 'साहित्य अकादेमी पुरस्कार', 'मैथिलीशरण गुप्त पुरस्कार' और 'कबीर सम्मान' से सम्मानित।

निधन : 12 मई, 1993

आश्चर्यलोक में एलिस

लुई कैरोल

अनुवाद

शमशेर बहादुर सिंह

राधाकृष्ण पेपरबैक्स

इस पुस्तक में दिए गए चित्र जॉन टेनियल द्वारा अंग्रेज़ी की मूल पुस्तक के प्रथम संस्करण के लिए सन् 1865 में बनाए गए थे। इन चित्रों को टेनियल ने सीधे लकड़ी के ब्लॉकों पर ही उत्कीर्ण किया था।

पहला पुस्तकालय संस्करण
राधाकृष्ण प्रकाशन प्राइवेट लिमिटेड द्वारा
1993 में प्रकाशित

राधाकृष्ण पेपरबैक्स में
पहला संस्करण : 2023

राधाकृष्ण पेपरबैक्स : उत्कृष्ट साहित्य के जनसुलभ संस्करण

राधाकृष्ण प्रकाशन प्राइवेट लिमिटेड
जी–17, जगतपुरी, दिल्ली–110 051
द्वारा प्रकाशित

शाखाएँ : अशोक राजपथ, साइंस कॉलेज के सामने, पटना–800 006
पहली मंजिल, दरबारी बिल्डिंग, महात्मा गांधी मार्ग, प्रयागराज–211 001

वेबसाइट : www.radhakrishnaprakashan.com
ई–मेल : info@radhakrishnaprakashan.com

बी.के. ऑफसेट
नवीन शाहदरा, दिल्ली–110 032
द्वारा मुद्रित

मूल्य : ₹199

AASHCHARYA LOK MEIN ALIS
Novel by Lui Cairol
Translated by Shamsher Bahadur Singh

ISBN : 978-93-91950-99-6

नन्ही नीना को
जो बड़ी रानी बेटी है;
जिसने अपनी 'एलिस इन वंडरलैंड' बहुत-बहुत
मेहरबानी करके इस पुस्तक को लिखने के लिए दी।
और
रानी बेटी चीना
रानी बेटी मीना
रानी बेटी रश्मि
रानी बेटी उर्मि
रानी बेटी इन्दो
और रानी बेटी सरोज
को
जिनके अद्भुत क़िस्से-कहानियों
और खेल-कूद की दुनिया से
मैं काम की दो-चार बातें सीख सका।

—उनका ताऊजी

इंग्लैंड के एक हरे-भरे क़स्बे के बाहर एक लड़की खेल रही है। असल में वह कोई नया खेल ढूँढ रही है। सात या आठ साल की उसकी उम्र है।

नाम है एलिस।

उसके साथ उसकी बड़ी जीजी है, जिसे किताबें पढ़ने का बेहद शौक़ है। वह यहाँ भी एक किताब साथ में ले आई है।

एलिस चाहती है कि जीजी उसके साथ खेले। इसीलिए वह उसे तंग कर रही है।

जीजी कह रही है–"एलिस, तंग मत कर! ज़रा-सा और पढ़ने दे, नहीं तो शाम हो जाएगी।"

एलिस–ऊँह! जीजी, क्या पढ़ रही हो तुम भी! न इसमें कोई तसवीर, न कोई चुटकुले। न कोई मज़े की बातचीत। देखो, सोंधी-सोंधी घास में कैसे सुन्दर-सुन्दर फूल खिले हुए हैं, डेज़ी के। आओ न, वही गीत गाकर नाचें, कलवाला!

वह यह कह रही थी कि अचानक उसने बड़ी विचित्र बात देखी।

"अरे रे रे रे, वो गया! वो गया!" वह बोल उठी।

जीजी–क्या? क्या गया?

एलिस–ख़रगोश! वो जा रहा है। वो देखो, जीजी वो देखो!

जीजी–ऊँह, होगा। यहाँ तो बहुत से हैं।

मगर एलिस ने देखा कि वह बड़ा विचित्र ख़रगोश था। वह घास की खुस-पुस में घबराया हुआ-सा कहता जा रहा था–"हाय, हाय! बहुत देर हो गई! मारे गए आज तो!"

एलिस भी उसके पीछे-पीछे लपककर गई। मगर वह तो ग़ायब हो गया था। "देखूँ, कहाँ लोप हो गया," उसने कहा। "बेचारा!"

जीजी ने पुकारा, "कहाँ चली उधर?"

"अभी आई, जीजी!" एलिस ने कहा और भागी। जब ख़रगोश के ज़रा नज़दीक पहुँची तो एकदम भौचक्की रह गई।

'अरे!' उसके मुँह से निकला। 'ख़रगोश और वासकट पहने हुए! और उसमें घड़ी की चेन! आँय! और वो तो घड़ी निकालकर टाइम भी

देख रहा है!'

ख़रगोश टाइम देखते हुए कहने लगा, "हाय, हाय! बड़ी देर हो गई! आज जान नहीं बचेगी!"

और वह तेज़ी से अपने बिल में घुस गया। और एलिस उसके पीछे-पीछे। "देखूँ तो मैं भी, कहाँ गया!"

वहाँ बड़ा अँधेरा था। सुरंग चली गई थी सीधी–ज़मीन के नीचे।

"हा-ा-ा-ा! लो, मैं तो गई-ई-ई!" एलिस ने चीख़कर कहा।

जैसे कोई सीधा कुएँ में गिरे। और वह गिरती ही चली गई, गिरती ही चली गई, गिरती ही चली गई।

'हाय, इतना गहरा!' एलिस ने गिरते-गिरते सोचा! 'ओह!'

'भला अब मैं कितनी दूर चली आई हूँगी?' वह मन-ही-मन हिसाब लगाने लगी। 'अब तो मैं ज़मीन के अन्दर, बीचोबीच हूँगी! यह होगा कोई...चार हज़ार मील तो ज़रूर होगा! हाँ!'

उसे इस बात पर गर्व भी हुआ कि उसे भूगोल याद था।

वह अब भी गिरती ही चली जा रही थी...सीधी...नीचे की ओर। शायद अब और भी तेज़ी से गिर रही थी।

'मैं कहीं ज़मीन के पार ही तो नहीं निकल जाऊँगी?' वह डरी। 'तब कहाँ निकलूँगी जाकर? उस देश का नाम तो मुझे क्लास में पूछना ही पड़ेगा।' उसने सोचा। फिर उसे लगा जैसे वह अपनी क्लास में ही पहुँच गई है, और सबके सामने अपनी होशियारी दिखाने के लिए पूछ रही है–'सिस्टर प्लीज़, यह स्थान न्यूज़ीलैंड होगा या आस्ट्रेलिया?'

फिर एकाएक उसका इरादा बदल गया। 'नहीं, नहीं, मैं नहीं पूछूँगी। सब लड़कियाँ हँसेंगी, कि इसको इतना भी नहीं आता। अजी मैं एटलस में देख लूँगी!'

उफ़, वह सर्रर की आवाज़ करती हुई अभी तक सीधी गिरती ही चली जा रही थी! उसे अपनी बिल्ली की फ़िक्र हो गई। 'दीना पूसी

मुझे खोजती होगी, म्याऊँ-म्याऊँ करती हुई। पता नहीं, किसी को याद भी रहेगा उसे दूध देना—चाय के टाइम पर! हाय दीना पूसी, न हुई तू मेरे साथ यहाँ पर! आह! चूहे तो यहाँ मिलेंगे नहीं। मगर हाँ, चमगादड़ें ज़रूर होंगी। तू उसी को चूहा समझ लेना। उड़ता हुआ चूहा।'

वह दिमाग़ पर ज़ोर लगाकर सोचने लगी—'बिल्ली चमगादड़ खाती होगी भला? बिल्ली चमगादड़ खाती होगी भला? बिल्ली... चमगादड़? बिल्ली...चमगादड़?'

एलिस को शायद नींद आने लगी थी, मगर वह सोचती गई, सोचती गई—'चमगादड़?...बिल्ली...चमगादड़ बिल्ली खाती होगी? चमगादड़...'

एकाएक जैसे कोई धम्म से पुआल पर गिरता है, उसे ऐसा लगा। वह डर तो गई, मगर उसे चोट बिलकुल नहीं आई।

'हत्! अरे, मैं यहाँ कहाँ–पुआल के ढेर पर!'

अचानक उसकी निगाह सामने गई। उसने देखा–'वो! वो! वो जा रहा है ख़रगोश!...लो वो तो गया भी!'

उसने आँखों पर हाथ मलकर चारों ओर देखा। एक बड़ा-सा हॉल था। मगर बन्द। इतने सारे दरवाज़े और सब बन्द! उसे बड़ा ताज्जुब हुआ। बीच में एक बड़ी शीशे की मेज़ थी।

'ओह, यह रही चाबी इस शीशे की मेज़ पर! वाह!'

एलिस ने एक-एक करके जब दरवाज़ों में वह चाबी घुमाई। मगर वह किसी में नहीं लगी।

एक कोने में उसने एक नन्हा-सा दरवाज़ा देखा।

'हाँ, इसी की है यह चाबी! यह लो, खुल गया!

और उसे कितनी ख़ुशी हुई!

उसमें से झाँककर जो उसने देखा तो वह मारे ख़ुशी के पागल हो गई। 'अहा-हा, उधर कितना अच्छा बाग है! कैसे रंगीन-रंगीन फूल चमक रहे हैं। चलूँ, वहीं चलकर खेलूँ!'

मगर तुरन्त उसे निराशा का मुँह देखना पड़ा। 'हाय, मेरा तो सिर इसमें अड़ जाता है! अब क्या करूँ, हाय रे! अगर कहीं मैं नन्ही-मुन्ही गुड़िया के बराबर हो जाती', उसने सोचा, 'तो अभी...चुटकी बजाते उस पार!'

'शायद हो भी जाऊँ, शायद हो भी जाऊँ!' उसने सोचा। 'आज ऐसी अजीब-अजीब बातें हो रही हैं, कि ताज्जुब नहीं कोई ऐसी दवा मिल जाए–या कोई तरकीब कहीं लिखी हो, किसी किताब में!'

तभी वह चौंक-सी पड़ी। 'अरे, यह क्या! बड़ी ख़ुशबू आ रही है! शरबत की-सी!'

उसकी निगाह एक शीशी पर गई। लेबिल पर लिखा था– "मुझको पी लो!"

एलिस ने शीशी उठाकर पढ़ा–"मुझको पी लो!"

'पर जाने क्या हो', उसने सोचा। पिताजी ने कहा था कि जिस पर 'ज़हर' लिखा हो, उसको कभी नहीं छूना चाहिए। नहीं तो बड़ी ख़राबी पैदा हो जाती है। मगर इस पर तो 'ज़हर' नहीं लिखा है। ज़रा-सा चखकर देखूँ। बस ज़रा-सा!' उसने तय किया। ज़बान पर रखकर उसने देखा, फिर ज़ोर से चटखारा लिया। उसे लगा जैसे इमली और अनन्नास का गूदा और खट्टे-मिट्ठे बेर और टॉफ़ी और ख़ूब सिका हुआ टोस्ट और मीठी-चटनी, सबका स्वाद एक में मिला हुआ हो।

'देखूँ अब क्या होता है!' उसने कहा।

थोड़ी ही देर में वह मारे ख़ुशी के चीख उठी–'हुई-ई-ई-ई! मैं तो सचमुच छोटी हो रही हूँ! एक गुड़िया-सी! मेरे हाथों को तो देखो! अरे, और मैं अब कितनी छोटी हो जाऊँगी। कहीं छोटी होते-होते एकदम से ख़त्म न हो जाऊँ, जैसे मोमबत्ती।'

इस विचार के आते ही वह एकदम डर गई।

मगर वह और छोटी नहीं हुई।

वह दौड़ी-दौड़ी दरवाज़े तक गई। मगर फिर उसे धक्का लगा। 'अरे, दरवाज़ा तो बन्द! और चाबी कहाँ? हाय, चाबी तो शीशेवाली मेज़ पर ही रह गई!'

अब एक नई मुश्किल उसके सामने थी। वह इतनी छोटी हो गई थी, कि चाबी तक पहुँचना ही असम्भव था।

'हाय रे!' वह रोने लगी। 'यह तो बहुत ऊँची हो गई! कैसे पहुँचूँ? मेज़ के पाए भी तो फिसलने हैं! हाय, हाय, कैसी मुसीबत है! हाय रे।'

वह सिसकियाँ भर-भरकर रोने लगी। उसे अपनी माँ की याद आई और वह और भी रोने लगी। थोड़ी देर बाद उसे याद आया कि माँ उसे किस तरह चुप कराती थी, और वह आप-ही-आप अपनी माँ

की आवाज़ में अपने आपको समझाने लगी। 'बस कर, बस कर! एलिस, तू तो रानी बिटिया है! कहीं रानी बिटिया रोती हैं? वो तो गन्दे-गन्दे बच्चे रोते हैं, इस तरह! छी! बस!' और आप-ही-आप मनकर उसने रोना बन्द कर दिया।

'हाँ, बस!'

फिर वह अपनी टीचर की नक़ल करके अपने आपको समझाने लगी– 'देखो एलिस, इधर देखो। तुम एक अच्छी लड़की हो। हाँ, ऐसी छोटी-छोटी बातों पर अच्छी लड़कियाँ नहीं रोती हैं। है न? अच्छा, इसी बात पर अपने कान पकड़ो कि अब कभी नहीं रोएँगे!' एलिस ने अपने कान भी पकड़ लिए।

'शाबाश!'

एकाएक कोने में उसकी नज़र गई। 'यह उधर क्या चमक रहा है– डब्बा-सा?' उसने कहा। 'इसमें क्या होगा, देखें!'

'अरे, यह तो केक-सा है कुछ,' उसने हाथ डालकर देखा। 'और इस पर लिखा

भी है–"मुझको खाओ!" 'ज़रा-सा कुतर के देखूँ। कोई हर्ज नहीं–बस ज़रा सा। देखूँ, इसके खाने से क्या होता है!' एलिस ने थोड़ा-सा खाकर देखा।

'अभी तक तो कुछ भी नहीं हुआ। पूरा खा जाऊँ। देखी जाएगी।'

'था तो अच्छा!' उसने ज़बान चटकाकर कहा।

थोड़ी ही देर बाद उसे फिर अपने ऊपर अचम्भा होने लगा।

'ऊ-ऊ-ऊ-ऊ!' एकाएक उसके मुँह से निकला। 'यह क्या हो रहा है! मेरा सिर कहाँ पहुँच रहा है! यह गर्दन...अरे मेरी गर्दन...यह तो एक फुट की हो गई! और मेरे पाँव कहाँ गए? मेरे पाँव! इतनी दूर! सलाम है तुम्हें, दोनों पाँवों को! हम तो चले ऊपर! तुम वहीं रहना! हाय, जूता कौन पहनाएगा तुम्हें? किसी तरह आप ही पहन लेना भाई!' बड़ी हमदर्दी दिखाकर वह बोली।

कहीं मुझसे नाराज़ हो गए तो मुझे उलटे-सीधे चलाओगे। अच्छा, नाराज़ मत होओ! मैं हर नए साल के दिन बढ़िया-सा एक जोड़ा जूते का भेंट किया करूँगी। अच्छा? मगर ये जोड़ा जूतों का मैं तुम्हें भेजूँगी कैसे? तुम इतनी दूर पहुँच गए!...अच्छा हाँ, पार्सल से भेज दिया करूँगी। और क्या नहीं तो फिर!

'कैसा अजीब लगेगा!'

'तुम्हारा वाजबी पता तो उस पर लिखा ही रहेगा–

"सेवा में–

एलिस के श्रीमान् दाहिने पाँव साहब को,
स्थान–वही कमरा
(मिठाई-बिस्कुटवाला)
पास अलमारी के।
एलिस का बहुत-बहुत प्यार!"

एकाएक एलिस अपने ऊपर खीझ उठी। 'हाय री, मैं क्या सोच रही हूँ, अंट-संट, पागल लड़की!'

तभी उसका सर ठक् से जाकर छत से टकराया।

'अरे-रे मेरा सर। मेरा सर तो छत से जा टकराया। मैं पूरी छत के बराबर हो गई!'

अब उसे चाबी याद आई। 'और वह चाबी?'

फिर वही मुसीबत! और कैसी मुसीबत-सी-मुसीबत!

उसे अपनी बेचारगी पर रोना आ गया और वह ज़ोर-ज़ोर से रोने लगी। 'हूँ ऊँ-ऊँ! कहाँ आकर फँस गई! ऊँ-ऊँ!'

फिर एकाएक अपने आपको ज़ोर से डाँटा—'एलिस की बच्ची! फिर रोएगी?' और एक थप्पड़ ज़ोर से अपने मुँह पर मारा। वह चुप तो हो गई, मगर हिचकियाँ बराबर कुछ देर तक जारी रहीं।

किसी के हलके-हलके पैरों की आवाज़ आ रही थी।

चौंककर एलिस ने देखा तो वही ख़रगोश! वह साँस रोककर उसे आता हुआ देखने लगी।

"हाय, इतनी देर हो गई!" वह कहता आ रहा था "हाय, मलका महारानी आज मुझे ज़िन्दा नहीं छोड़ेंगी! हाय-हाय!"

एलिस ने मन-ही-मन सोचा, 'क्या करूँ? इसी से कुछ मदद माँगूँ?' उसे यह देखकर बड़ा अचम्भा हुआ कि वह एक हाथ में पंखा हिलाता आ रहा है और एक में दस्ताने। 'तो पूछूँ इसी से?' एलिस ने सोचा। और डरते-डरते उसने पूछ ही लिया, "देखिए, महाशय, ज़रा मेहरबानी करके मुझे..."

आवाज़ सुनते ही ख़रगोश बेचारा उलटे पाँवों भागा और अपनी घबराहट में पंखा और दस्ताने भी वहीं छोड़ गया।

एलिस ने उन्हें उठा लिया। 'ये दस्ताने कैसे नन्हे-नन्हे से हैं! यह पूरा दस्ताना तो मेरी एक उँगली में आ जाएगा! और यह रंगीन पंखा

कैसा हलका है, जैसे चिड़िया का पर!...आज कैसी अजीब-अजीब बातें हो रही हैं मेरी ज़िन्दगी में!' एलिस ने सोचा।

'कल तक तो सब ठीक-ठाक था। आज ही मैं कुछ अजीब-अजीब-सी हो रही हूँ। कल तो मैं ऐसी नहीं थी। मैं वही तो हूँ—वही एलिस!...या कोई और लड़की हो गई हूँ। एँ? कुछ समझ में नहीं आता।

'यह तो तय है कि मैं ईदा नहीं हूँ। इसलिए कि मेरे बाल सीधे हैं, घुँघराले नहीं, जैसे ईदा के हैं।...और मैं माबेल भी नहीं हूँ,' एलिस ने सोचा, 'क्योंकि मुझे बहुत-सी बातें पता हैं; और वह एकदम बुद्धू है—बुद्धू नफ़र। हाय, कितना कम जानती है वह! देखूँ तो मुझे सब बातें याद भी हैं कि नहीं, जो मैं जानती थी!' और एलिस ने अपना इम्तहान लेना शुरू किया।

'अच्छा बताओ : चार पंजे?...बारह। और चार छक्के,...तेरह। और चार सत्ते?...हाय लोगो! इस तरह से तो मैं बीस तक भी नहीं पहुँचूँगी। अच्छा, पहाड़े नहीं। कुछ और। भूगोल में पूछूँगी। अच्छा, तो लन्दन क्या है?...पेरिस की राजधानी। और पेरिस?...पेरिस है रोम की राजधानी।...नहीं, नहीं, नहीं! सब ग़लत! ज़रूर ग़लत है। हाय, मैं ज़रूर माबेल हो गई हूँगी। हाय, यह क्या हो गया? मैं माबेल होकर यहाँ आ पड़ी हूँ! हाय, हाय, हूँ-ऊँ-ऊँ-ऊँ...अब मैं नहीं जाऊँगी यहाँ से! कैसी बुद्धू हूँ मैं! कैसी अकेली पड़ी हूँ यहाँ! हाय, अम्मा!'

अजीब उलझन में पड़कर एलिस रोने लगी।

रोते-रोते उसने देखा कि दस्ताने उसके पूरे हाथ में आ गए थे। चौंककर उसने आँखें पोंछीं।

'ये दस्ताने मेरे हाथ में कैसे आ गए? ये तो छोटे थे!' उसने आँखें फाड़कर देखा। 'ओ हो! यह पंखे की कारस्तानी है। हो न हो यही बात है!'

'अब चलूँ चटपट बाग़ में!...बाहर, फूलों के बीच! हुर्रे, कैसी छोटी-सी हो गई हूँ मैं! हुर्रे!'

वह बड़ी ख़ुश थी। मारे ख़ुशी के वह नाच उठी।

'अर्र र र...! यह क्या हुआ! मैं तो फिसल गई!'...और सचमुच नीचे की रपटन से वह एकदम पानी में गिर पड़ी।

'अरे यह तो कोई नदी का किनारा आ गया! नहीं, नहीं, इसका

पानी तो समुद्र-सा खारा-खारा है!...अरे नहीं, एलिस!' उसने अपने आपको याद दिलाया–'यहीं बैठकर तो तू अभी रोई थी, जब तू देव-जैसी बड़ी हो गई थी!...तो क्या आँसुओं की नदी बह गई? हाय अम्मा!'

'और यह दुम किसकी है इसमें? छिः!' उसने ग़ौर से देखा। 'अरे, ये भैंसें तो नहीं हैं? नहीं...नहीं। मैं एकदम छोटी जो हो गई हूँ, बटन-सी; इसीलिए मुझे ऐसा लग रहा है! यह तो साफ़ चूहा है– बड़ा-सा।

'पुकारकर देखूँ?' एलिस ने दिल में सोचा। उसे तरस आ रहा था उस पर। 'बेचारे की मेरी ही जैसी गत हो गई है। बल्कि वह तो और बीच में है, और डूब रहा है!'

''ओ मूसजी!'' एलिस ने पुकारा। ''अजी, ओ मूसजी!''

'मूसजी सुनते ही नहीं हैं! जाने किस देश के हैं,' एलिस ने सोचा। 'फ्रांस के होंगे शायद, फ्रेंच में पूछूँ!'

"ऊ एस्त मा शत! मेरी बिल्ली को देखा है आपने?" एलिस ने पुकारकर पूछा।

मूसजी तो हड़बड़ाकर पानी में उछलने लगे।

"अरे, क्षमा कीजिएगा मूसजी! मुझे मालूम नहीं था, आपको बिल्लियाँ पसन्द नहीं हैं। कहीं अगर आपने मेरी दीना पूसी को देखा होता तो उसे तो आप ज़रूर ही पसन्द करते। बहुत ही अच्छी है मेरी दीना पूसी। मुलायम-मुलायम! गोद में बैठकर घर्र-घर्र करती रहती है। कैसी प्यारी-सी है! और चूहों को तो पकड़ने में ऐसी उस्ताद..."

चूहे पकड़ने की बात कान में पड़ते ही मूसजी फिर पानी में उलटे-सीधे होने लगे।

"भई, क्षमा कीजिएगा, क्षमा कीजिएगा! सच, मैं भूल गई थी! दूर मत जाइए मुझसे! मैं अब कुत्ते-बिल्लियों की बात आपसे बिलकुल नहीं करूँगी। आइए, आइए, हम लोग इस तरफ़ से तैरकर बाहर निकल

जाएँगे।...देखिए, इधर से और लोग भी तो तैरकर बाहर निकल रहे हैं, सब-के-सब यहाँ डूब रहे थे!''

मूसजी को ढाढ़स बँधा, और वह एलिस की तरफ़ बढ़े।

''देखिए'', एलिस ने कहा, ''वह बत्तख़ महाराज हैं, वो डोडो बत्तख है, वह लोरी तोता है। कैसा बड़ा-सा है! और भी बहुत-से लोग हैं। आइए, आइए, इधर से निकल आइए! अब तो हम बहुत सारे दोस्त इकट्ठे हो गए!''

2

बेचारे छोटे-छोटे जानवर और परिन्दे खारे पानी की बाढ़ से किसी तरह किनारे लगे। वे अपनी भीगी दुमें फटकारकर अपने बदन फुला रहे थे या पंखों को फटफटाकर खारे पानी की बूँदें झाड़ रहे थे। सबका एक मिला-जुला-सा अजीब शोर उठ रहा था। कहीं तोते की टें-टें और कर्र-कर्र, कहीं बत्तख़ की क्वैक्-क्वैक्। कबूतर अलग उत्तेजित होकर गुटरगूँ कर रहे थे। कोई बन्दर कहीं ठंड के मारे कूँ-कूँ कर रहा था। चील अपने बड़े डैने फैलाकर खोले बैठी थी। इस भीड़ में एलिस भी थी बेचारी। वह अपना फ्रॉक निचोड़ चुकी थी, और अब इस चिन्ता में थी कि किसी तरह बाल जल्दी सूख जाएँ। हवा तीर-सी लग रही थी। सब ठिठुर रहे थे।

एलिस बोली, ''हाय, अब तो जुकाम हुआ। सारा बदन काँप रहा है। हाय, कैसी ठंड है! लोरी तोते, अपनी आँख तो खोलो!''

तोता शायद पहले से ही चिढ़ा हुआ बैठा था। डाँटकर बोला, ''क्या टर्र-टर्र लगाई है! टुप्प नहीं रहेगी? मेरा नाम लोरी टोटा है। लोरी टोटा! टुप्प! टर्र-र्र-र्र। मैं बुड्ढ़ा टोटा, तू कल की ठोकरी, मुझको पढ़ाने आई!''

एलिस—कल की छोकरी! हट! मैं सात साल की हूँ पूरी।...तू अपनी उमर बता पहले। तब मानूँगी। हाँ, नहीं तो! मुझको धमकाता है?

फिर उसने धीरे से औरों को सुनाकर कहा, ''भीगकर कैसा गन्दा लग रहा है, मरा!''

अब तक बत्तख, चील, बन्दर आदि का शोर कुछ कम हो गया था। एलिस की बात पर बत्तख ने गर्दन हिला-हिलाकर क्वैक्-क्वैक् किया और बन्दर ने एक पतली-सी कूऊ-ऊ-अ।

तोते ने एक बार ज़ोर से फड़फड़ाकर कट्ट से ठोंग मारकर कहा, ''हट्ट! लोरी टोटा बहुट बुड्ढ़ा। लोरी टोटा बहुट बुड्ढ़ा।''

एलिस—ऐसे नहीं। उमर बताओ—कै बरस का बुड्ढ़ा है?

चील—या कै महीने का!

और सब जानवर भी तोते के नज़दीक घिर आए। सबको उसे चिढ़ाने में मज़ा आ रहा था। चील की बात पर एलिस खिलखिला पड़ी।

तोता नाराज़ हो गया, ''टाँय! टाँय! टाँय! टुम सब बच्चे हो। लोरी टोटा अपनी उमर नहीं बटाटा। लोरी टोटा बहुट, बहुट बुड्ढ़ा।''

सब जानवर और पास-पास आ गए। ख़ासी भीड़ थी। सब कुछ-न-कुछ कहना चाहते थे। अजब घपला मचा हुआ था।

उनमें मूसजी आगे निकलकर आए और तीन-चार बार खाँसा। फिर काँपती हुई-सी बहुत ही पतली आवाज़ में बोले, ''चुप हो जाओ! चुप हो जाओ! और सुनो, मेरी बात सुनो!...''

एलिस बीच में ही ज़ोर से बोल उठी, ''चुप हो जा, बुड्ढ़े तोते। मूसजी बोल रहे हैं!''

चूहा—चुप हो जाओ! चुप हो जाओ! तुम सब ठंड से काँप रहे हो। मैं भी काँप रहा हूँ। अह-ह-ह-ह!

उसकी कँपकँपी देखकर औरों की भी कँपकँपी बढ़ गई। सब अपनी-अपनी बोली में बताने लगे, कितनी ठंड उन्हें लग रही थी।

मूसजी ने अपना स्वर ऊँचा करके कहा, "चुप होकर सुनो मेरी बात! हाँ, तो अब हमें कोई बहुत ही सूखी...एकदम रूखी-सूखी, ख़ुश्क दवा चाहिए, जो हमें सुखा दे!..."

"हाँ, बस, जो हमें एकदम सुखा दे," एलिस ने ख़ुश होकर हामी भरी। "बस एकदम सुखाकर रख दे!"

एलिस के बाद और लोग भी शोर मचाकर अपनी राय देने लगे।

मूसजी ने फिर अपना स्वर ऊँचा करके कहा, "तो बस, फिर सब कोई चुप होकर सुनो...यह ऐसी ही दवा है। सुनते ही सब-के-सब एकदम सूख जाओगे।...सब लोग बैठ जाओ!"

फिर गम्भीरता से खाँसकर कहा, "सब लोग बैठ गए? अच्छा सुनो! इससे बढ़कर रूखी-सूखी बात तो मैंने ख़ुद अपनी जिन्दगी में नहीं सुनी। सुनो..."

अब मूसजी ने अपना पतला स्वर ऐसा बना लिया, जैसे कोई मास्टर क्लास में बहुत ही नीरस रूखे-फीके ढंग से, धीरे-धीरे, ख़ूब उबाते हुए सबक पढ़ाए। मूसजी खाँसकर बोले, "हाँ, तो मैं इंग्लैंड के इतिहास का नया पाठ पढ़ा रहा था। तो...धीरे-धीरे नारमंडी के विलियम की शक्ति इतनी बढ़ गई कि उसने फ्रांस के राजा को परास्त कर, उसे सन्धि करने को विवश कर दिया।

"फिर उसने चारों ओर से शक्ति और सहायता एकत्र कर, इंग्लैंड पर चढ़ाई की योजना बनाई। तत्पश्चात् उसने एडवर्ड के वचनबद्ध होने का प्रसंग उठाकर..."

इतना सुनने के बाद तोता तो सचमुच बहुत ही ऊब उठा था। ज़ोर से उसने कहा, "ऊँ-ऊँह!"

मूसजी ने एकदम गुस्से होकर तेज़ी से पूछा, "क्षमा कीजिएगा,

क्या आप बोले थे अभी?"

तोते ने फ़ौरन गर्दन घुमाकर टट्-टट् करते हुए कहा, "मैं नहीं था।"

एलिस ने उसे घूरकर देखा और धीरे से बोली, "झूठा कहीं का!"

मूसजी–ख़ैर! तो कोई बात नहीं। मैं समझा, आप थे। तो मैं अब आगे बढ़ता हूँ।

एक महीन-सी खाँसी खाँसकर वह आगे बोले, "हाँ...तो उसने एडवर्ड के वचनबद्ध होने का प्रसंग उठाकर अपनी माँग उपस्थित की। धन की आशा, साहस, न्याय और चर्च की मंगलकामना सब उसकी ओर थे। ये सब अनायास उसको मिल गए..."

बत्तख़ ज़ोर से बीच ही में बोल उठी, "क्वैक्-क्वैक्! क्या मिल गए उसको?"

मूसजी ने झल्लाकर ऊँचे और तीखे स्वर में कहा, "ये सब! ये सब! 'ये' और 'सब' का अर्थ तुम अच्छी तरह जानते हो, बस ज़्यादा बको मत!"

बत्तख़–सर, क्वैक्-क्वैक्! 'ये सब' का अर्थ तो मुझे मालूम है। 'ये सब' जब मेरी चोंच को मिलता है, तो मैं जान जाती हूँ कि वह क्या होता है–मेढक होता है, कि घोंघा, कि केंचुआ।

मूसजी पाठ पूरा कर देने की जल्दी में थे। बोले, "बको मत!... हाँ, तो...अनायास मिल गए। वंशावली के हिसाब से तो विलियम का सम्बन्ध राजघराने से अधिक निकट होता था, किन्तु वह जारज पुत्र था। और वाइटेन सभा ने उसको..."

मूसजी अब शायद ख़ुद ही ऊब उठे थे। रुककर एक लम्बी साँस ली, और फिर सबसे पूछा, "हाँ, तो भाई अब बताओ, क्या हाल है? तुम बोलो, मेरी नन्ही एलिस, अब तुम्हें कैसा लग रहा है। सूख गई कि नहीं?"

एलिस ने कुछ नख़रे और कुछ शिकायत के साथ जवाब दिया, ''कहाँ! बिलकुल वैसी ही तो हूँ। कहाँ सूखी!''

तोते ने भी अपने पर फुलाकर दिखाए और बोला, ''न हम सूखे! टर्र्र्र...।''

बन्दर–कूँ-ऊँ-ऊँ! यह डोडो मुझे क्यों धक्का दिए जा रहा है तब से? अपने परों से मुझे और भी गीला करके रख दिया। कूँ-ऊँ-ऊँ!

डोडो ने उसकी बात पर कोई ध्यान नहीं दिया। उसने ऊँची आवाज़ में क्वैक्-क्वैक् की और बोला, ''अब मेरी सुनिए! मेरा प्रस्ताव है कि यह सभा स्थगित की जाए। शीघ्रातिशीघ्र हमें सुखाने के लिए कोई साहसकारी योजना सबके सामने रखी जाए, और उस पर सम्मिलित कार्यवाही हो।''

चील–किर्र-र्र-र्र, किर्र-र्र-र्र! डोडो महाराज, ज़रा सरल भाषा में बोलिए...कि हम चील-कौए भी कुछ समझ लें। आधे शब्दों के माने तो मूसजी को भी नहीं आते होंगे शायद!

कबूतरों को इस बात में बड़ा आनन्द आया। मगन होकर ज़ोरों से गुटरगूँ-गुटरगूँ करने लगे। बन्दर भी ख़ुशी से उछलने लगा। एलिस भी डोडो की तरफ़ देखकर हँस दी।

डोडो बत्तख़ ने किसी की तरफ़ ध्यान न देकर, फिर ऊँची आवाज़ में क्वैक्-क्वैक् करके कहा, ''मेरे कहने का मतलब यह था कि सबसे अच्छा यह रहेगा कि सब लोग मिलकर 'परिषद-गुट्ट' की दौड़ लगाएँ।''

''यह परिषद-गुट्ट की दौड़ कैसी होती है?'' एलिस ने पूछा।

डोडो–क्वैक्! कैसी होती है? अभी जब दौड़ होगी, तब आपको पता चल जाएगा। हाँ, तो देखो, मैं यह बड़ा-ा-ा-सा गोल घेरा बना रहा हूँ ज़मीन पर। आवश्यक नहीं कि यह घेरा एकदम गोल ही हो। बस, सब लोग इसी लाइन पर दौड़ेंगे।

फिर ज़रा रुककर उसने सबको आदेश दिया, "हाँ, तो अब सब लोग लाइन पर खड़े हो जाओ। खड़े हो गए? अच्छा, सब लोग पर फड़फड़ाकर दौड़ेंगे, या हाथ खूब हिला-हिलाकर। जो थकता जाएगा, वह एक तरफ़ खड़ा होता जाएगा। उसके बाद फिर उसी घेरे में दौड़ने लगेगा। समझ गए? इस दौड़ में 'एक-दो-तीन!' नहीं बोला जाता। बस!...अब दौड़ो!"

सब-के-सब दौड़ने लगे। एक अजीब समाँ था। पर फड़फड़ाते हुए, धमाचौकड़ी-सी मचाते हुए सब दौड़ रहे थे। कोई-कोई दूसरों पर फबती भी कसता जाता था।

एलिस बोली, "देखो, लोरी तोते की दुम कैसी लिथड़ रही है!"

बन्दर–बत्तखें कैसी लबड़-लबड़ चल रही हैं! लो, अब ये थककर खड़ी भी हो गईं।

डोडो–बन्दरजी, कूदना मना है। खाली दौड़कर चलना है, हाँ!

एलिस–आहा जी, हम तो खूब गरम हो गए। मूसजी की भी दुम सूख गई अब तो।

तोता–मेरा लाल सबज रंग देखो, कैसा निखर आया!

पूरी मंडली में खूब हलचल, आनन्द और शोर मचा हुआ था।

एकाएक डोडो बत्तख़ ने ज़ोर से ऐलान किया, "दौड़ ख़तम!"

सब-के-सब हाँफ-हाँफकर पूछने लगे, "कौन जीता? कौन जीता?"

डोडो बत्तख़ ने सबको शान्त करते हुए कहा, "रुक जाओ, रुक जाओ! अभी बताते हैं!"

सब नतीजा जानने के लिए उतावले हो रहे थे। "कौन जीता?" "कौन जीता?" "अरे भाई, कौन जीता?"

एकाएक डोडो बत्तख़ ने गर्दन और चोंच ऊँची करके ज़ोर से ऐलान किया–

"सब-के-सब जीते! सबको इनाम मिलेगा।"

अब सबको यह जानने की उत्सुकता थी कि इनाम कौन बाँटेगा।

डोडो ने ताज्जुब से चारों ओर अपनी चोंच घुमाकर जवाब दिया, "अरे इनाम!...इनाम यही लड़की बाँटेगी! यही हमारी नन्ही-सी लड़की।"

सब चिल्लाने लगे, "इनाम लाओ! इनाम लाओ!"

एलिस—रुको भाई!

उसने मन में कहा, 'बड़ी मुश्किल आ पड़ी। क्या दूँ?' फिर

एकाएक कुछ याद आ गया। जेब में टॉफ़ी का एक पैकेट था। 'यह रहा!' एलिस ने मन-ही-मन ख़ुश होकर कहा, 'अरे, यह तो वैसा-का-वैसा ही बन्द है! खारा पानी इसके अन्दर नहीं पहुँचा!'

वह बारी-बारी से सबको बुलाकर इनाम देने लगी।

"अच्छा तो," उसने कहा, "यह लीजिए मूसजी!"

मूसजी ने जवाब में कहा, "धन्यवाद!"

"और यह लीजिए डोडो महाराज!"

डोडो महाराज ने जवाब में कहा, "धन्यवाद!"

"यह लीजिए लोरी तोतेजी!"

लोरी तोतेजी ने जवाब में कहा, "धन्यवाद!"

"यह लीजिए बन्दर महाराज!"

बन्दर महाराज ने जवाब में कहा, "धन्यवाद!"

"यह लीजिए कबूतरजी!"

कबूतरजी ने जवाब में कहा, "धन्यवाद!"

"यह लीजिए गिद्ध महाराज!"

गिद्ध महाराज ने जवाब में कहा, "धन्यवाद!"

"यह लीजिए बत्तख़जी!"

बत्तख़जी ने जवाब में कहा, "धन्यवाद!"

"यह लीजिए उल्लूजी!"

उल्लूजी ने जवाब में कहा, "धन्यवाद!"

"यह लीजिए सारसजी!"

सारसजी ने जवाब में कहा, "धन्यवाद!"

"और आप क्यों छिपे हुए हैं केकड़ेजी? लीजिए! लीजिए!"

केकड़ेजी बाहर निकले और जवाब में वह भी बोले, "धन्यवाद!"

"आहा! सबको पूरा भी हो गया!" एलिस ने ताली बजाकर कहा।

मूसजी ने बड़े उत्साह से अपनी ऊँची पतली आवाज़ में चिल्लाकर सबसे कहा, "थ्री चियर्स एलिस रानी के लिए! बोलो..."

एक स्वर से चिल्लाकर सब बोले, "एलिस रानी, हिप-हिप हुर्रे! एलिस रानी, हिप-हिप हुर्रे! एलिस रानी, हिप-हिप हुर्रे!"

मूसजी–अब ज़रा चुप हो जाओ! देखो, सबको तो इनाम मिल गया, एलिस रानी को मिला ही नहीं। उसको तो ज़रूर इनाम मिलना चाहिए! क्यों डोडोजी?

डोडो–क्वैक्-क्वैक्! अवश्य मिलना चाहिए मूसजी! हाँ,...तो अब तुम्हारी जेब में और क्या-क्या है एलिस रानी? क्वैक्-क्वैक्!

एलिस रानी ने कुछ उदास-सी आवाज़ में जवाब दिया, "मेरी जेब में? कुछ नहीं, बस एक छल्ला है।"

डोडो–क्वैक्! इधर लाओ!

अब सब-के-सब नए उत्साह से डोडो और एलिस को देखने लगे।

डोडोजी गला साफ़ करते हुए विद्वानों की तरह बड़े गम्भीर स्वर में बोले, "हमारी यह विनीत प्रार्थना है कि आप हम सबकी ओर से कृपया इस उपहार को स्वीकार करें!"

एलिस ने भी गम्भीरता से जवाब में कहा, "धन्यवाद!"

मूसजी ने फिर आगे आकर सबसे कहा, "अब आप सब लोग मिलकर डोडोजी को थ्री चियर्स दीजिए!"

सबने डोडोजी के लिए तीन बार 'हिप-हिप-हुर्रे' की।

डोडोजी ने गर्दन ऊँची करके आदेश दिया, "अब सब लोग अपना-अपना इनाम खाएँ!"

सब अपनी-अपनी टॉफ़ियाँ खाने लगे। सब ऐसे प्रसन्न थे जैसे किसी बड़े भारी परिवार में त्यौहार मनाया जा रहा हो।

तोते ने अपनी टॉफी खा चुकने के बाद कहा, "अच्छा, अब हममें से कोई एक किस्सा सुनाए!"

एलिस को यह बात बहुत पसन्द आई। वह चूहे से बोली, "मूसजी, आप अपना किस्सा सुनाइए। और हाँ, पहले यह बताइए कि 'कु' और 'बि'...समझ गए न?..." फिर उसने चूहे के कान में बहुत धीरे से कहा, "यानी 'कुत्ता' और 'बिल्ली'...इनसे आपको इतना डर क्यों लगता है?"

मूसजी ने बहुत गम्भीर होकर एक गहरी साँस खींची और बोले, "भला क्या मेरा किस्सा, और क्या मेरे किस्से की दुम!"

एलिस ने बहुत धीरे से फबती कसी, "दुम तो आपकी ख़ासी लम्बी है, भगवान की दया से!"

मूसजी–हाँ, तो बड़ा दुख-भरा और लम्बा मेरा किस्सा होगा।

एलिस–दुख-भरा? दुख-भरा क्यों?

मूसजी ने एलिस के सवाल पर कोई ध्यान नहीं दिया; ज़रा-सा खाँसकर बोले, "तो सुनिए साहब!"

उसी समय एलिस ने तोते को दिखाकर कहा, "देखो, दुम बेचारी कैसी सीधी पड़ी है मूसजी की!"

मूसजी ने अपना किस्सा शुरू तो ऊँची आवाज़ में किया, जैसे कोई कविता शुरू करता है, फिर आवाज़ दब गई। बीच-बीच में फिर आवाज़ ऊँची हो जाती थी, जैसे ऊँघते-ऊँघते चौंक उठे हों।

आवाज़ को खींच-खींचकर और रोक-रोककर उन्होंने अपना किस्सा इस तरह सुनाया–

"शेरा–बघेरा का चाचा–भौंका।
भौंकके मूसजी से बोला!
'मिनमिन काका!
चलो अदालत!
तुम्हें पदाएँ,
मज़ा चखाएँ!

हमने है तुम पर
दावा ठोंका!"

एलिस ने तोते से कहा, "देख लोरी, मूसजी की दुम आखिर में ज़रा-सी मुड़ गई है!"

एलिस की खुसर-पुसर सुनकर मूसजी ने एक बार खाँसा। फिर बोले–

" 'तो आ फैसला
हो जाए बस!
आज सुबह से
काम नहीं कुछ।
आज सुबह से
हूँ मैं भूखा!!'
–मिनमिनजी ने
दाँत निपोरे..."

लोरी तोता मूसजी की दुम को ही देख रहा था। धीरे-से 'टट्' करके एलिस से बोला, "हाँ, सच तो! दाँत निपोरते ही फिर मुड़ गई मूसजी की दुम।"

एलिस ने बहुत धीरे-से जवाब दिया, "वही क़िस्से की दुम है न! अब मुड़ रही है।"

डोडोजी ने इस खुसर-पुसर को शान्त करने के लिए दो बार धीरे-धीरे कहा, "क्वैक्! क्वैक्!" मूसजी आगे बढ़े–

"और बोले–'हुजूर!
न जज है,
न जूरी।
क्यों बेकार में
जान खपाना!

साहब, यह तो
सरासर धोखा!' "

एलिस ने देखा कि दुम फिर मुड़ गई है। तोते ने भी देखा और धीरे से कहा, "बेचारी दुम!" मूसजी आगे बढ़े–

"बोला शेरा–
'सुन लो मिनमिन,
मैं ही जज हूँ,
मैं ही जूरी!
तब फिर यह
कैसी मजबूरी?
खुला मामला,
साफ़ फैसला!!' "

डोडो ने इस पर धीरे से कहा, "क्वैक्! क्वैक्!" मूसजी आगे बोले–

"सज़ा तुम्हारी
बस मामूली;
मेरे दाँतों की
जो सूली,
वहीं तुम्हारी
फाँसी होगी!"

न जाने क्यों मूसजी एकाएक गुस्से हो उठे और एलिस को डाँटकर कहा, "तुम क़िस्सा नहीं सुन रही हो! तुम्हारा ध्यान किधर है?"

एलिस ने बहुत दीनता से जवाब दिया, "क्षमा कीजिएगा। जहाँ तक मुझे याद है जी, पाँच दफे मुड़ी थी।"

मूसजी ने बहुत गरम हो़कर ज़ोर से पूछा, "क्या कहा?"

एलिस—जी, आपकी दुम!

इस जवाब पर सब-के-सब हँस पड़े।

मूसजी ने पतली आवाज़ में चीख़कर कहा, "तुम सब मेरा मज़ाक बनाते हो। जाओ, हम अब नहीं सुनाएँगे अपना क़िस्सा!"

और वह उठकर चल दिए। उनके नथुनों के बाल ज़ोर-ज़ोर से हिल रहे थे।

एलिस—क्षमा कीजिए मूसजी, मेरा यह मतलब बिलकुल नहीं था कि आपका मज़ाक बनाऊँ। देखिए, आप जाइए नहीं। आइए, लौट आइए। अपना क़िस्सा पूरा कर दीजिए।

मगर मूसजी ने लौटने का नाम नहीं लिया।

लोरी तोता—टट्-टट्, बेचारे चले गए।

एलिस ने देखा कि एक छोटा-सा केकड़ा बार-बार उछल रहा है। उसने उसकी माँ से कहा, "केकड़े! केकड़े! देखो, तुम्हारी बच्ची क्या

कर रही है? वह उचक-उचककर उधर क्या देख रही है? अब मूसजी कहाँ वहाँ! वह तो गए!"

केकड़े ने अपने बच्चे को अपने पीछे ठेलते हुए उपदेश दिया, "तुझे ऐसे नहीं उचकना चाहिए! देख ले, बहुत गरमी में आने का यही नतीजा होता है।"

केकड़े की बच्ची ने पीछे से ही जवाब दिया, "तुम मत कहो अम्मा! तुम्हारा मिज़ाज देखकर तो घोंघे को भी पसीना आ जाए!"

एलिस ने अफ़सोस के साथ कहा, "हाय, न हुई मेरी दीना यहाँ! अभी खींचकर ले आती मूसजी को बाहर—मय दुम के!"

तोते ने पर फड़फड़ाकर और कुछ चौंककर पूछा, "यह दीना कौन है, क्या मैं पूछ सकता हूँ आपसे?"

एलिस ने बहुत ही ख़ुश होकर कहा, "दीना? दीना पूसी? आह, दीना हमारी पूसी का नाम है। वह चूहे पकड़ने में ऐसी उस्ताद है...कि बस, क्या बताऊँ! और चिड़िया पकड़ते हुए कहीं आप उसे देखते तो कहते कि हाँ! उसने देखा नहीं...कि बस, एक झपट्टे में दाँत के नीचे!"

यह सब सुनकर चिड़ियों में खलबली-सी मच गई। 'क्वैक्-क्वैक्', 'टाँय-टाँय और 'चीं-चीं' की घबराई हुई आवाज़ें चारों तरफ़ सुनाई देने लगीं।

तोते ने कहा, "अच्छा एलिस, मुझे तो घर जाना है, देर हो जाएगी। टा...टा!"

डोडो बत्तख़—क्वैक्-क्वैक्! एलिस रानी, हम भी चले! बच्चे अकेले होंगे। टा...टा!

और भी कई आवाज़ें इधर-उधर से आईं, "अच्छा एलिस रानी, टा...टा! रात हो जाएगी, नहीं तो रुकते! टा...टा! टा...टा! टा...टा!"

सब लोग चले गए। सन्नाटा हो गया। एलिस अकेली रह गई।

एलिस ने आप-ही-आप कहा, 'हाय, मैंने क्यों बैठे-बिठाए दीना

पूसी का नाम ले लिया। जाने क्यों, कोई भी उसका नाम सुनना पसन्द नहीं करता यहाँ!...मेरी दीना पूसी! मेरी प्यारी पूसी! जाने कहाँ होगी! हाय, सब मुझे यहाँ अँधेरे में अकेला छोड़कर चले गए हैं। बस, इस अँधेरे में दीना पूसी की दो आँखें दूर पर कहीं चमक रही हैं। मेरी दीना पूसी! हाय, मैं तुझे कब मिलूँगी?'

अपनी प्यारी पूसी की याद करके एलिस सिसकियाँ भरने लगी।

एकाएक उसे किसी के पैरों की आवाज़ सुनाई दी। वह आँखें मलकर उठ बैठी।

'एँ! यह कौन आ रहा है?' फिर सोचने लगी, 'कहीं मूसजी तो नहीं? कौन जाने, फिर कुछ मन में आ गई हो...कि चलो, चलकर क़िस्सा पूरा ही कर दें!'

मगर उसके नज़दीक आने पर ग़ौर से देखा तो समझ गई कि वही सफ़ेद ख़रगोश है; घबराया हुआ-सा इधर ही आ रहा है।

3

एलिस ने उसे अच्छी तरह पहचान लिया। वही था—घबराया हुआ-सा। उसने सोचा—बेचारा जाने क्या ढूँढ रहा है?

सफ़ेद ख़रगोश कहता आ रहा था, 'कहाँ गिरा दिए होंगे मैंने? कहाँ गिर गए होंगे मुझसे? अबकी तो ज़िन्दा न छोड़ेंगी मलका महारानी!' फिर कुछ रुआँसा होकर बोला, 'ओह, अब तो ज़रूर सूली पर चढ़ाया जाऊँगा!'

एलिस ने दिल में कहा, 'हाय, कैसी ज़ालिम हैं मलका...! बेचारा!'

एकाएक उसे कुछ याद आ गया। 'अरे, हाँ, उसने आप-ही-आप कहा। 'कहीं वह दस्ताने और पंखा तो नहीं ढूँढ रहा है? वही जो मेरे हाथ में थे—उस हॉल में—जहाँ रो-रोकर मैंने आँसुओं की झील बना ली थी। हाय, अगर न मिले, तो बेचारा मारा जाएगा!'

एलिस को चिन्ता हो गई। वह सोचने लगी कि आखिर पंखा और दस्ताने कहाँ छूट गए होंगे? भला किधर होगा वह हॉलवाला घर?

सफ़ेद ख़रगोश को उसकी आहट जो मिली तो दूर से ही कड़ककर पूछा, "कौन है उधर? मेरी एन? मेरी! जा तो जल्दी से

भागकर और मेरे कमरे से एक जोड़ी दस्ताने और पंखा ले आ। समझी?''

एलिस को बड़ा अजीब लगा कि उसने जल्दी में उसे पहचाना ही नहीं। 'हाय, मैं मेरी एन हूँ?' उसने अपने आप से कहा।

मगर वह वहाँ ठहरी नहीं। एक तरफ़ को भाग निकली।

सफ़ेद ख़रगोश ने पीछे से पुकारकर फिर आदेश दिया, ''दौड़के जा! जल्दी कर! पंखा और एक जोड़ी दस्ताने! मेरे ऊपरवाले कमरे में होंगे!''

एलिस दौड़ते हुए मन-ही-मन कहने लगी, 'वाह-वाह! और लो! मैं एक ख़रगोश की नौकरानी भी हो गई। यह अच्छी रही! मगर जब उसको पता लगेगा कि मैं कौन हूँ तब वह भौचक्का रह जाएगा। हाँ!... मगर मुझे जल्दी करनी चाहिए। नहीं तो बेचारा...!'

एकाएक उसने देखा कि सामने ही एक घर है। दरवाज़े के बाहर नाम की तख़्ती लगी हुई है। उसने पास जाकर पढ़ा–

'एस. ख़रगोश, इस्क्वायर'

ओहो! मिस्टर सफ़ेद ख़रगोश साहब!

वह सोचने लगी, 'खटखटाऊँ या न खटखटाऊँ? अगर कहीं असली मेरी एन अन्दर से निकल आई, तब!'

उसने खटखटाया नहीं। हलका-सा धक्का दिया। दरवाज़ा चूँ की आवाज़ करता हुआ धीरे-से खुल गया। एलिस सीढ़ियाँ चढ़कर ऊपर पहुँची।

ऊपर पहुँचते ही उसने आश्चर्य और प्रसन्नता से देखा कि दस्तानों के कई जोड़े रखे हैं; पंखा भी वहीं रखा है।

'बिलकुल ऐन-मैन वैसा ही है!' उसने कहा। '...और यह क्या चमक रहा है? शीशी! अच्छा! इस पर भी लेबल लगा हुआ है– 'मुझको पी लो!' ख़ुशबू तो बड़ी अच्छी आ रही है! बड़ी खट्टी-मीठी-सी।

पीकर देखती हूँ।'

'अहा! अब मैं जरूर बड़ी हो जाऊँगी!' उसने आप-ही-आप कहा। फिर धीरे-धीरे अपने आप से बातें करने लगी। यह उसकी आदत थी। 'अब मैं ज़रूर बड़ी हो जाऊँगी। हाँ। मैं भी तो तंग आ गई हूँ अपने इस नन्हे-मुन्ने कद से! देखो न, मैं तो अपनी गुड़िया से भी छोटी हो गई। यही हाल रहा तो ख़रगोश की तरह कल को दीना पूसी भी मुझसे अपने काम कराया करेगी। जब आया मुझे पुकारेगी—मिस एलिस जल्दी तैयार हो जाओ! घूमने का वक्त हो गया! तब मुझे कहना पड़ेगा—आया, बस ज़रा पाँच मिनट रुक जाओ! मुझे दीना पूसी के आने तक यहीं रहना है। 'हाँ, मगर एक बात है,' उसने गौर करके देखा, 'वह ऐसे ही अगर हुक्म चलाने लगी तो कोई उसे घर में रहने भी नहीं देगा। हाँ!'

एकाएक उसका सर ठक् से छत में लगा! 'अरे, यह क्या हुआ? क्या मैं छत तक पहुँच गई? हाय, मैं बहुत ज़्यादा पी गई! और मैं तो

बढ़ती ही जा रही हूँ। हाय अम्मा! यह लो, अब तो कुहनी के बल झुककर बैठना पड़ेगा। और ये पाँव किधर जाएँगे?'

उसने एक तरकीब लगाई। 'एक पाँव को कार्नेस की चिमनी में अड़ाकर देखती हूँ।...अरे, अब यह हाथ फैलने लगा!...इसे तो बस खिड़की के बाहर निकाल दूँ।'

'अब कुछ ठीक हुआ,' उसने सोचा। 'क्या मैं अभी और बढ़ूँगी? फँस तो गई पूरी-की-पूरी इस कमरे में!'

इतने में दरवाज़े पर खटखट की आवाज़ हुई। वह चौंकी। 'हाय, दरवाज़े पर कौन है?'

सफ़ेद ख़रगोश बाहर से पुकार रहा था, ''मेरी एन! मेरी एन की बच्ची, क्या कर रही है? जल्दी कर! दस्ताने जल्दी ला!''

दरवाज़े पर धक्का मारने की आवाज़ आई। ''यह दरवाज़ा आज खुलता क्यों नहीं,'' सफ़ेद ख़रगोश भुनभुना रहा था। ''और मेरी एन कहाँ मर गई! कोई बोलता ही नहीं! जाऊँ खिड़की की तरफ़ से देखूँ!''

एलिस को उसके पैरों की आवाज़ से मालूम हो गया कि वह खिड़कीवाले हाथ के नीचे पहुँच गया। 'अच्छा देखूँ,' उसने सोचा, 'मेरे हाथ में आता है कि नहीं!'

उसे छूने के लिए एलिस ने अपना हाथ हिलाया।

सफ़ेद ख़रगोश एकदम भय से चीख़ा—''हुई-ई! यह क्या बला है!'' और लड़खड़ाकर पीछे की ओर नाजुक फूलों के काँचघर के ऊपर गिरा। काँच के फ्रेम टूट गए और वह उनमें फँस गया।

एलिस को बड़ी ख़ुशी हुई। 'खूब गिरा!' उसने कहा।

उधर वह अपनी मदद के लिए पुकार रहा था, ''बैट! बैट! यू माली! तुम किधर मर गया। ज़रा इधर आओ।''

झाड़ियों के पीछे से बहुत दूर से आवाज़ आई, ''हुज़ूर, मैं यहाँ हूँ! ज़मीन से सेब खोद रहा हूँ।''

ख़रगोश ने चिढ़कर गुस्से से उसकी नकल उतारते हुए कहा, "जमीन से सेब खोद रहा हूँ! सेब का बच्चा! इधर निकाल मुझे यहाँ से! हाय, कहाँ फँस गया!"

एलिस और भी ख़ुश हुई। बोली, 'अच्छा, उसको भी आने दो!'

बैट जो उस खिड़की के नीचे आया, तो हाथ के हिलने से वह

भी भयभीत होकर उलटा गिरा, और पहले से भी ज़्यादा काँच टूटने की आवाज़ हुई।

बैट चिल्लाया, "हाय दादा! हाय बपई! मर गए! सब कमर हिल गई!"

सफ़ेद ख़रगोश–अबे रो मत। देख, ज़रा बता तो, यह ऊपर की खिड़की से निकलकर क्या हिल रहा है।

बैट–(घबराकर) हुज़ूर, यह तो पंजा है। किसी आदमी का पंजा है।

सफ़ेद ख़रगोश–आदमी का पंजा! अबे इतना बड़ा आदमी का पंजा होता है कहीं? पूरी खिड़की के बराबर!

बैट–हुज़ूर, अब चाहे जो हो, है आदमी का पंजा ही।

सफ़ेद ख़रगोश–मगर वहाँ अन्दर क्या काम है इसका? हम नहीं जानते! जो कुछ हो, जाकर हटाओ उसको वहाँ से!

बैट ने काम टालने के लिए गिड़गिड़ाकर बातें बनाते हुए कहा, "हुज़ूर, अच्छा तो हमको भी नहीं लगता उस खिड़की में यह हाथ! बहुत बुरा लगता है।"

"डरपोक कहीं का!" मालिक ने डाँटा।

एलिस उनकी बातें अच्छी तरह सुन रही थी। बोली, 'आओ! आओ! आओ! और नज़दीक आओ!'

ख़रगोश और बैट दोनों की एक चीख़ निकल गई।

बैट–हाय रे बाप, मर गए!

ख़रगोश–हुई-ई! तब नहीं तो अब मरे!

कुछ देर सन्नाटा रहा। सिर्फ़ कहीं नल से टप-टप करके पानी गिर रहा था। कोई कौवा दूर पर बोल रहा था।

एलिस ने दिल में कहा, 'देखूँ, कब क्या करते हैं! अच्छा है मुझे इस बन्द घर से निकाल लें। निकालें भी तो! मैं तो आप नहीं

चाहती यहाँ रहना।'

मकान के चारों तरफ़ भीड़ इकट्ठी होने लगी और शोर बढ़ने लगा। सीढ़ी लगाकर किसी को ऊपर चढ़ाने की योजना थी। बातें इस तरह हो रही थीं–

"दूसरी सीढ़ी कहाँ है?"

"मुझसे तो एक ही कहा था लाने को। फिर मैं अकेला दो-दो कैसे लाता?...दूसरी वह है बिल के पास...उधर।"

"बिल भैया, इधर लाओ अपनी सीढ़ी!"

"इनको इस किनारे लगाओ!"

"दोनों को बाँध दो पहले, नहीं तो आधी दूर भी नहीं पहुँचेंगी!"

"अच्छी तरह कसकर बाँधना, हाँ!"

"अरे बिल भैया, पकड़ना ज़रा इस रस्सी को!"

"पहुँच जा मेरे शेर, छत पर!"

"देखकर! खपरैल कहीं गिरे नहीं! उधर से उखड़ी है।"

"बचाना सर! वह गिरी! किसके लगी? बच गए!"

सफ़ेद ख़रगोश ने चिल्लाकर पूछा, "किसने गिराई खपरैल?"

जवाब–"हुज़ूर, बिल है ऊपर!"

"बिल भैया, तुम चिमनी से नीचे उतर जाओ!"

बिल–मैं जाऊँगा? नहीं, नहीं! बैट मुझसे पतला है। वही ठीक रहेगा।

"अब डरता है ज़रा-से काम में? चल, घुस चिमनी के अन्दर!" सफ़ेद ख़रगोश ने डाँटा।

बिल–जा रहा हूँ, हुजूर जा रहा हूँ।

जब वह डरते-डरते चिमनी के अन्दर घुस गया, तो लोग आपस में इस तरह बातें करने लगे–

"कोई दूर थोड़े ही गया होगा," एक ने कहा।

दूसरा—वहीं चिपका बैठा होगा।

पहला—ऊपर ही!

सफ़ेद ख़रगोश ने चिल्लाकर आदेश दिया, "अबे नीचे तक जाना!"

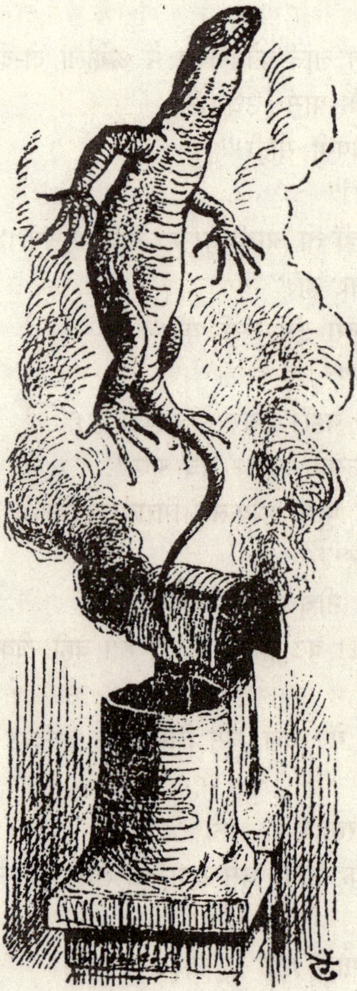

"अच्छा जी!" बिल की आवाज़ आई, जैसे कोई कुएँ के अन्दर से बोले।

एलिस ने ज़रा-सा खाँसकर आप-ही-आप कहा, 'बिल ही की जान सस्ती है, बेचारे की!'

सब दम साधे चुप थे। देख रहे थे कि अब क्या होता है।

एलिस को लगा जैसे कोई चिमनी के अन्दर धीरे-धीरे नीचे को सरकता हुआ आ रहा है। उसने अन्दाज़ से सोचा—शायद कोई बड़ी-सी छिपकली है। उसे चिन्ता हो गई। 'अगर उसने तलुवे में कुछ चुभो दिया, तब? अच्छा लो अभी एक ठोकर में उसे बाहर करती हूँ!' जब उसने सोचा कि यह 'बिल' अब उसके पाँव के अँगूठे के पास आ गया होगा, तब उसने एक ज़ोर की ठोकर उसे नीचे से मारी।

बाहर एकदम शोर मचा।

"ए-ए-ए-य...लो!"

"वो गया बिल सी...धा! चिमनी के पार। जैसे तीर जाए!"

दौड़कर लोग बिल के पास गए, जहाँ वह गिरा था।

सब अपनी-अपनी कह रहे थे, "देखो, कहीं सर तो नहीं फटा!" "नहीं, सर तो बच गया।" "और देखो, भैया बिल बेहोश हैं। अभी बुलाओ नहीं!" "पानी लाओ...पानी! पानी!" "हाँ, छींटे दो!" "आँख खोलो तो!" "नहीं, चोटें ज़्यादा नहीं आईं।" "धक्का लगा है।" "नहीं चोट अन्दरूनी है!" "बिल भैया, कैसा हाल है?"

बिल ने धीरे से एक आँख खोली।

"ये सर्र से ऊपर कैसे चले गए?" "सर थामे रहो, थामे रहो!" "छाँह में ले चलो, छाँह में!" "ये गए कैसे तीर-से, और एकदम ऊपर, जैसे कोई गेंद उछाले!" "...कहो भैया बिल, कैसा हाल है?" किसी ने बहुत हमदर्दी से पूछा।

बिल ने बहुत भरी हुई आवाज़ में उत्तर दिया, "पता नहीं... अह-अह...कैसे...एक ज़ोर का...अह-अह...धक्का...अह-अह...नीचे से..."

और लोगों ने उसे रोका। "अभी बोलो नहीं, बोलो नहीं!...ज़रा हवा लगने दो!"

बिल–(उसी आवाज़ में) अह-अह, अब जी कुछ ठीक है। अह...

सफ़ेद ख़रगोश ने वहाँ पहुँचकर हुक्म दिया, "चलो, कुछ लोग इधर आओ! अब इस घर में आग लगानी पड़ेगी। और कोई चारा नहीं।"

एलिस ने सुना तो क्रोध से भर उठी। ज़ोर से बोली, "अच्छा लगाओ आग! मैं भी दीना को तुम्हारे पीछे छोड़ूँगी।"

यह सुनते ही जैसे सबकी नानी मर गई। सन्नाटा छा गया।

एलिस ने मन-ही-मन कहा, 'देखूँ, अब क्या करते हैं। इन्हें यह नहीं सूझती कि छत ऊपर से हटा दें।'

लोग फिर धीरे-धीरे खुसुर-पुसुर करने लगे थे। सफ़ेद ख़रगोश धीरे से बोला, ''छकड़ा-भर काफी होगा।''

एलिस के कान खड़े हुए। 'एँ! छकड़ा-भर! छकड़ा-भर क्या?'

अब वे लोग पड़ापड़ पत्थर जैसी कोई चीज अन्दर फेंकने लगे।

एलिस घबराई। 'हाय, ये तो खिड़की में पत्थर फेंक रहे हैं!' उसने कहा। 'हाय, हाय, आँख गई थी अभी!...हाय, मेरी नाक!...'

फिर वह गुस्से से चिल्लाकर बोली, ''बन्द करो अभी! इसी दम! नहीं तो याद रखो, मैं...''

इतना सुनते ही एकदम फिर शान्ति छा गई।

एलिस ने भुरभुरा चूरा-सा अपने मुँह पर देखा तो बहुत चकित हुई। 'हैं! यह चूरा-सा क्या है होंठों पर? इसका स्वाद तो बिस्कुट-जैसा लग रहा है। अरे, तो ये पत्थर नहीं थे क्या! कैसी अजीब दुनिया है यहाँ की! स्वाद तो अच्छा है। एक खाकर देख लूँ। ज़रूर इसके खाने से मैं फिर छोटी हो जाऊँगी!'

उसने एक बिस्कुट मुँह में रख लिया। थोड़ी ही देर में उसका चेहरा खिल उठा। 'आह, अब ज़रा पाँव सीधे हुए। गर्दन सीधी हुई। बस, अब और छोटी नहीं हूँगी शायद। ज़रा-सा झाँककर देख लूँ, क्या कर रहे हैं ये लोग! इनके हाथ पड़ गई तो ये जीता न छोड़ेंगे मुझे!'

दरवाज़े को ज़रा-सा खोलकर उसने बाहर झाँका और देखा कि बड़ी भारी भीड़ इकट्ठा है। 'ये सब किसे घेरे हुए हैं? वह बिल ही होगा', उसने सोचा। 'उसी की तीमारदारी में सब लगे हैं। अरे, यह बिल तो गिरगिट है, गिरगिट! ये क्या पिला रहे हैं? बेचारा नीला पड़ गया है।'

निकल भागने का यह अच्छा मौक़ा था।

'इस समय कोई नहीं पकड़ पाएगा मुझे!' यह सोचकर उसने जल्दी से दरवाज़ा खोला और तेज़ी से निकलकर भागी।

भीड़ में से चार-छह लोग उसके पीछे लपक लिए।

"वो गई! वो गई!" "लेना, जाने न पाए!" "वो निकल गई!" सब हल्ला मचाने लगे।

"कैसी सरपट भागी है!" "अब हाथ आ चुकी!" "वो गई!" "गई वो तो!" "बस गई!"

एलिस वहाँ से बहुत दूर निकल आई थी, मगर अब भी हाँफ रही थी। उसने दिल में सोचा कि 'पहला काम तो यह करना है कि किसी तरह अपने असली कद में आ जाऊँ। और दूसरा यह कि...वह फूलोंवाला बाग़ कहाँ है, देखूँ।'

इतने में उसके कानों में कहीं से एक पिल्ले के भौंकने की आवाज़ आई। वह चौंकी और उसे कुछ ख़ुशी भी हुई। 'हाय कोई नन्हा-सा कुत्ते का बच्चा है! कैसी प्यारी नन्ही-सी आवाज़ है!'

फिर उसने बहुत ही नजदीक से उसके भौंकने की आवाज़ सुनी– भौं! भौं! भौं!

वह डर गई। 'हाय, यह तो बिलकुल पास ही आ गया। मैं तो डर गई थी। कैसा बड़ा-सा है, झबरा-झबरा! मगर है पिल्ला!'

एकाएक अनजाने में ही उसके मुँह से कुत्ते को बुलानेवाली सीटी की आवाज़ निकल पड़ी। एलिस उसको अपनी तरफ़ आते हुए देखकर बड़ी ख़ुश हुई।

'हाय, यह तो दुम हिलाने लगा। कैसा प्यारा-सा है! तुहू! तुहू! तुहू!'

पिल्ला उसे देखकर और भी ख़ुशी से भौंकने लगा। एलिस को लगा कि पिल्ला खेलना तो चाहता है, मगर अभी डरता है।

'देखूँ, इस लकड़ी से खेलेगा कि नहीं!' उसने एक लकड़ी उठाकर उसके आगे की। मगर वह इतने ज़ोर-से भौं-भौं करने लगा कि एलिस ख़ुद सहमकर पीछे हट गई।

'हाय, यह कहीं मुझे रौंद न दे! यह इसे हड्डी समझ रहा है, शायद। मुझे रौंदने आएगा तो मैं इस भटकटैया के पीछे छिप जाऊँगी,' उसने मन-ही-मन तय किया। 'तुहू! तुहू! तुहू!'

पिल्ला अब और भी ज़ोर से भौंकने लगा।

'उई अम्मा। यह तो सर पर ही आ गया था। कैसे बड़े-बड़े दाँत हैं! मुझे तो डर लगता है, कहीं मुझे ज़रा-सी गुड़िया समझकर झँझोड़ने

न लगे। मैं तो भागूँ यहाँ से!'

"भौं! भौं! भौं!"

वह एकदम दूर हट गई; दूर से ही उसका खेल देखने लगी।

'कैसा लकड़ी से आप-ही-आप खेल रहा है, और उसी पर गुस्सा भी हो रहा है! अब निकल चलूँ यहाँ से, ऐसे में। नहीं तो फिर सर पर आ जाएगा।'

धीरे-धीरे एलिस दूर निकल आई। पिल्ले की आवाज़ बहुत पीछे रह गई।

'कैसी शान्ति है यहाँ!' उसके मुँह से निकला। 'यहाँ कोई मेरे पीछे नहीं पड़ेगा। मगर पहले तो कोई ऐसी चीज़ मिलनी चाहिए खाने की या पीने की...जिससे मैं फिर अपने असली क़द में आ जाऊँ।... मगर यहाँ तो ऐसी कोई भी चीज़ नज़र नहीं आती। उस तरह की कोई चीज़ नहीं है। ढेर सारे कुकुरमुत्ते हैं, जो सब मेरे ही बराबर हैं। या मुझसे बस ज़रा ही छोटे होंगे।'

वह यह सब सोच ही रही थी कि उसने देखा, एक कुकुरमुत्ते के ऊपर कोई बैठा गुड़गुड़-गुड़गुड़ कर रहा है।

'हुक्का पी रहा है क्या?' एलिस ने सोचा। 'ज़रा और उचककर देखूँ।' उसे बड़ा आश्चर्य हुआ। वही बात थी।

'हाँ, रे!' उसके मुँह से निकला। 'यह तो कोई रेशम का कीड़ा मालूम होता है। सचमुच ही हुक्का पी रहा है! बुड्ढ़ों की तरह बैठा– मुंशीजी बना हुआ!...कहीं मुझे डाँटेगा तो नहीं कि मैं क्यों मुंशीजी की शान्ति में विघ्न डाल रही हूँ।'

रेशम का कीड़ा, हुक्के का एक कश लेकर, बड़े इत्मीनान से मोटे स्वर में बोला, "कौन?"

एलिस ने अचकचाकर कहा, "मैं...मैं...इस समय तो पता नहीं, मैं क्या हूँ। हाँ, सुबह की बता सकती हूँ कि मैं क्या थी। तब से अब

तक तो दिन-भर में इतनी बार बदल चुकी हूँ कि क्या बताऊँ!"

रेशम का कीड़ा, एक गम्भीर बुज़ुर्ग की तरह बोला, "क्या मतलब?"

एलिस—मैं अपने आपको समझा नहीं सकती, क्योंकि देखिए न, मैं अब मैं रही ही नहीं हूँ।

रेशम का कीड़ा—मैं यह नहीं समझता।

एलिस—क्षमा कीजिएगा, मैं अपनी बात को साफ़ ढंग से कह नहीं पा रही हूँ। मेरी ख़ुद कुछ समझ में नहीं आ रहा है। सुबह से मैं इतनी बार छोटी हो चुकी हूँ कि सब गड़बड़ हो गया है।

रेशम का कीड़ा—इसमें गड़बड़ क्या है?

एलिस—अभी आपको पता नहीं है। जब आप रेशम का कोया बन जाएँगे, और उसके बाद जब एक तितली का रूप धारण करेंगे... तब आपको यह मालूम होगा कि यह सब कितनी अजीब बात है! हाँ! तब पता चलेगा आपको!

रेशम का कीड़ा—बिलकुल नहीं।

एलिस—तब फिर शायद आपका मन ही दूसरी तरह का है। यह सब अदलना-बदलना मुझे तो बड़ा अजीब लगता है।

रेशम का कीड़ा—('मुझे' शब्द से चिढ़कर) मुझे! यह 'मुझे' क्या है? तुम हो कौन?

एलिस ने अपने मन में कहा, 'बड़ा अजीब आदमी है!' फिर कुछ रुककर बोली, ''पहले जनाब, आप बताइए कि आप कौन हैं?''

रेशम का कीड़ा—क्यों?

एलिस ने आप-ही-आप कहा, 'बड़ी मुश्किल है! मैं तो तंग आ गई इससे। मैं तो चलती हूँ यहाँ से। ऐसे से कौन बात करे! उँह!'

इतने में रेशम का कीड़ा बोल उठा, ''लौट आओ। एक ज़रूरी बात कहनी है।''

एलिस—क्या ज़रूरी बात है?

रेशम के कीड़े ने एक कश लेकर और एक क्षण रुककर कहा, ''शान्त रहो!''

एलिस —बस यही बात कहनी थी?

रेशम का कीड़ा—नहीं।

एलिस ने कुछ देर इन्तज़ार किया कि शायद वह और कुछ कहे। मगर वह केवल हुक्का गुड़गुड़ाए जा रहा था, बड़े इत्मीनान से।

आख़िरकार वह बोला, "तो तुम्हारा खयाल है कि तुम बदल गई हो?"

एलिस–जनाब, मैं तो यही सोचती हूँ। सब बातें मुझे जिस तरह से याद रहा करती थीं, उस तरह से अब याद ही नहीं रहतीं। और घड़ी-घड़ी मेरा क़द बदलता रहता है; कभी बड़ा हो जाता है, कभी छोटा।

रेशम का कीड़ा–क्या बातें याद नहीं रहतीं?

एलिस–अब जैसे वह कविता है न, 'नन्ही-मुन्ही शहद की मक्खी, कहाँ-कहाँ तुम जाती हो' उसे दोहराती हूँ तो...वह है कुछ, निकलता है कुछ!"

रेशम का कीड़ा–अच्छा, 'दादा विलियम, दादा विलियम' तो सुनाओ!

एलिस ने पहले अपना गला ज़रा ठीक किया। फिर इस तरह वह कविता सुनाने लगी–

" 'दादा विलियम, दादा विलियम, तोंद तुम्हारी गोल-मटोल।
रहे-सहे सब बाल उड़े-से; उस पर है यह कैसी गत–
जो सर के बल उलटे होकर खड़े हुए हो देही तोल!
अच्छी-भली बुढ़ौती में भी है यह कैसी उलटी मत?'
दादा विलियम बोले–'बेटा, जब कसरती जवानी थी,
एक यही भय था कि पिचककर बुद्धि न जाए कहीं निकल!
ठटरी अब तो खाली मेरी, और खोपड़ी भी गंजी;
इसीलिए निश्चिन्त खड़ा रहता हूँ घंटों सर के बल।'
पुनः युवक ने पूछा–'दादा, जब तुम आते अपने घर,
पेट सँभाले नहीं सँभलता, किन्तु अचम्भा होता सोच–

कैसे उलटी तीन क़लाबाज़ी में आते गद्दी पर!
क्या कारण है, गए बुढ़ापे में भी है जो इतना लोच?'
केश हिलाकर दादा बोले–'बेटा, भरी जवानी थी।
देह चमत्कारी तेलों की मालिश से चिकनाई थी।
तभी लोच है इतना अब तक! उन तेलों की कुछ शीशी
बाक़ी हैं, क्या तुम भी लोगे?–रुपै-रुपै की आई थीं!'
पुनः युवक ने पूछा–'दादा, दाढ़ें हारीं, दाँत गए;
क्या जाने क्या मुँह में रक्खे घंटों चूसा करते हो!
फिर भी देखो, सालिम मुर्ग़ा चोंच समेत डकार गए!
कैसा अचरज है यह बाबा, हम तो मान गए तुमको!'
दादा बोले–'बेटा, मैं उन दिनों बड़ा क़ानूनी था।
बड़ी बहस दिन-रात हुआ करती थी तब घरवाली से।
दाँत चबाकर रह जाते थे एक-दूसरे पर दोनों;

जबड़े लोहा हैं तो उसी अदालत की दल्लाली से!'
पुनः युवक ने पूछा–'दादा, आँखों से बहता है मल।
फिर भी कैसी नजर गड़ाए देख रहे हो ऊपर को!
गोल नाक पर खड़ी हुई है सर्पा-मछली दुम के बल!
दादा, कला कहाँ सीखी यह, भला बताओ तो हमको!'
दादा बिगड़े–'तुझे दे चुका तीन सवालों का उत्तर!
बहुत हुआ बस! बड़ा कहीं का दादावाला आया है!
बात बनाता है? चल भाग! नहीं वह पड़ती है सर पर,
जो तू भी क्या याद करेगा–कैसा पाठ पढ़ाया है!'

रेशम का कीड़ा–यह कविता किताब में तो ऐसे बिलकुल नहीं है।

एलिस ने सकुचाते हुए उत्तर दिया, "जी, बिलकुल ऐसे तो नहीं है। कुछ बातें कहीं-कहीं बदल गई हैं।"

रेशम का कीड़ा–नहीं, नहीं। शुरू से आखीर तक ग़लत है।

फिर वह मौन रहकर थोड़ी देर तक हुक्का गुड़गुड़ाता रहा।

"तुम कितनी लम्बी होना चाहती हो?" आख़िरकार उसने पूछा।

एलिस ने बड़ी उत्सुकता से बताया, "देखिए, लम्बी चाहे जितनी हो जाऊँ, मगर बात यह है कि बार-बार छोटी-बड़ी होना अच्छा नहीं लगता, यह तो आप भी जानते हैं।"

रेशम का कीड़ा–मैं नहीं जानता।

फिर कुछ देर तक हुक्के की गुड़गुड़ की आवाज़ होती रही और दोनों चुप रहे।

"अच्छा," रेशम का कीड़ा बोला, "तुम्हारा यह क़द तो ठीक है?"

एलिस ने सकुचाते हुए कहा, "असल में, सर, मैं थोड़ी-सी, बस थोड़ी-सी और लम्बी होना चाहती हूँ। देखिए न, यह तीन इंच का क़द भी कोई क़द में क़द है!"

रेशम के कीड़े ने खाँसकर गम्भीरता से कहा, "मुझको देखो, तीन इंच तो बहुत अच्छा-खासा है!"

एलिस ने बड़े विनीत स्वर में उत्तर दिया, "मगर देखिए, मुझे तो तीन इंच की बिलकुल आदत नहीं!"

रेशम का कीड़ा–(एक कश लेकर) धीरे-धीरे सब आदत पड़ जाती है। धीरे-धीरे सब आदत पड़ जाती है।

कुछ देर वह हुक्का गुड़गुड़ाता रहा। फिर गुड़गुड़ाना बन्द करके उसने एक अँगड़ाई ली।

एलिस ने आश्चर्य से देखा कि हुक्का एक तरफ़ रखकर मुंशीजी नीचे उतर रहे हैं। शायद घास के अन्दर कहीं अपने घर जा रहे हों।

जाते-जाते रेशम के कीड़े ने अपनी मोटी, गम्भीर आवाज़ में कहा, "इसका एक किनारा लम्बा कर देगा, एक छोटा।"

एलिस जाने किस ध्यान में थी। वह चौंक गई। 'हैं! यह इसने

मुड़कर मुझसे क्या कहा?' किसका एक किनारा? किसका दूसरा किनारा?'

रेशम का कीड़ा—कुकुरमुत्ते का।

एलिस बोली, "अच्छा? और...और..." 'मगर लो, वह तो गायब हो गया! कुकुरमुत्ते की छतरी तो गोल है।' वह सोचने लगी, 'फिर इसका किनारा भला कौन-सा होगा? कैसी अजीब बात है! देखो न, मुश्किल से इसका आधा घेरा मेरी बाँहों में आएगा!'

फिर आप-ही-आप कुछ सोचकर उसने कहा, 'अच्छा, एक काम करूँ। दाहिने हाथ से एक टुकड़ा तोड़ लूँ, और बाएँ हाथ से दूसरा! फिर देखूँ, कौन क्या है?'

एक-एक टुकड़ा उसने दोनों तरफ़ से तोड़ लिया। 'पहले दाहिने हाथवाला टुकड़ा खाकर देखूँ!' उसने कहा।

खाने के थोड़ी ही देर बाद वह घबरा उठी। 'हाय, यह क्या हुआ! मेरी ठोड़ी तो मेरे पंजे से चिपकी जा रही है। हाय-हाय, जल्दी से दूसरा खाऊँ! ऊँ-ऊँह!'

जल्दी से उसने दूसरा टुकड़ा तोड़ा, और बड़ा चैन महसूस किया। 'अब ज़रा साँस मिली,' उसने कहा। 'मैं तो बिलकुल एक-बटा-दस इंच हो गई थी!'

अब वह मगन होकर अपनी ऊँचाई को देखने लगी। 'अहा! अब मेरा सिर ख़ूब ऊपर जा रहा है! आह, कैसी आज़ादी यहाँ मिल रही है!'

मगर उसे चिन्ता भी होने लगी। 'ओहो, क्या मेरी गर्दन सीधी... सीधी...बादलों तक पहुँच जाएगी? अरे, मेरे कंधे तो नीचे ही रह गए झाड़ियों में! और, यह लो, कैसी मेरी गर्दन हवा में दूर तक लहरा रही है! कहीं इन ऊँचे पेड़ों की डालों से उलझ न जाए!'

एकाएक उसे परों के फड़फड़ाने की आवाज़ आई। पहले बहुत

दूर से, फिर धीरे-धीरे पास से। 'यह कबूतर मँडरा रहे हैं क्या, मेरी गर्दन के चारों तरफ़?' फिर घबराहट से उसने कहा, 'हाय, ये पंख क्यों मार रहे हैं मेरी गर्दन में?'

एक कबूतर ने चिल्लाकर उससे कहा, "साँप रे साँप! भाग यहाँ से! भाग यहाँ से!"

एलिस–अरे, मैं साँप नहीं हूँ! मुझसे मत टकराओ!

कबूतर–साँप तो हो ही! लहराता हुआ साँप! बस, हटो यहाँ से!... हाय, क्या मुसीबत है! इन साँपों से कहीं भी पनाह नहीं!

एलिस–यह तुम क्या कह रहे हो? मेरी समझ में खाक नहीं आता। ऊँह!

कबूतर झल्लाकर अपनी कहे जा रहा था, "कहीं भी जाओ, कुछ भी करो–ये लोग पीछे-पीछे! पेड़, झाड़ी, नदी का किनारा, सब जगह मौजूद! हाय क्या करें? अंडे सेना ही कम मुसीबत नहीं थी! तीन हफ्तों से तो हमारी नींद हराम हो रही है!"

एलिस ने सोचा, 'ऊँह, जाने कहाँ उलझ गई है मेरी नीचे की गर्दन! शायद किसी डाल में फँस गई थी।' फिर वह कबूतर से बोली, "भई कबूतर, मैं सच कहती हूँ, मैं साँप नहीं हूँ। मैं तो एक छोटी-सी लड़की हूँ।"

कबूतर–ज़रा सुनो तो इसकी बात! कहती है, 'छोटी-सी लड़की हूँ!' जैसे हमने लड़कियाँ देखी ही नहीं! फिर तुम कहने लगोगी कि मैंने तो अंडा कभी चखा ही नहीं!'

एलिस–नहीं भई, अंडा तो मैंने ज़रूर चखा है। मगर छोटी लड़कियाँ भी तो अंडे खाती हैं, अगर साँप खाते हैं तो?

कबूतर–नहीं, नहीं, नहीं! सब वाहियात बात! और अगर खाती हैं तो वह भी एक तरह की साँप ही हैं। हाँ...हमें ख़ूब मालूम है, तुम गर्दन ऊँची कर-करके पेड़ों में मेरे अंडे ही ढूँढ रही हो। बस, चाहे तुम

लड़की हो या साँप, कोई भी हो, तुम्हारा काम क्या है यहाँ, हमारे घोंसलों के पास?

एलिस—मैं क्यों होती साँप? और फिर मैं कच्चे अंडे थोड़े ही खाती हूँ? छिः और तुम्हारे अंडे तो मैं छूऊँ भी नहीं!

कबूतर—अच्छा तो फिर भागो यहाँ से, मेरे पेड़ के पास से।

यह कहकर वह ज़ोर-ज़ोर से अपने पर उसकी गर्दन में मारने लगा।

एलिस परेशान हो गई। उसने विनती करके कहा, "मुझे दिक़ मत करो, मैं अभी हटती हूँ यहाँ से। उफ़, यह गर्दन फिर न जाने किस डाल में उलझ गई नीचे!...अरे, मैं कहती हूँ, मुझे दिक़ मत करो, मैं जा रही हूँ भाई, ज़रा अपनी गर्दन उस नीचेवाली डाल से छुड़ा लूँ!...बस, हाँ!"

इस क़िस्से में एलिस अपने कुकुरमुत्ते के टुकड़ों को भूल गई थी, जो अभी तक उसके हाथ में ही थे।

"लो अभी ठीक किए लेती हूँ अपनी लम्बाई!" वह बोली। 'मगर भई, धीरे-धीरे खाऊँगी,' वह अपने आप से बोली। 'नहीं तो कहीं फिर न मेरी ठोड़ी पंजे से जा लगे!'

वह अपनी घटती हुई लम्बाई को ग़ौर से देखती गई। 'अब शायद ठीक हूँ,' उसने कहा। 'यही तो शायद मेरी असली लम्बाई थी। हाय, कैसा अजीब-सा लग रहा है अपने असली क़द में आकर। अब जाकर कहीं मैं असली एलिस हो पाई!'

फिर उसने अपने आप से ही, बड़े प्यार से, धीरे-से पूछा, 'हूँ न मैं असली एलिस, क्यों?'

'अच्छा, अब मुझे वह बाग ढूँढ निकालना चाहिए,' उसने कहा, 'वही ख़ूबसूरत बाग, जहाँ सुन्दर-सुन्दर फूल खिले हुए थे। वह जैसे मुझे देर से बुला रहे हों। किधर को होगा भला वह?'

उसने ठिठककर एक दफ़ा चारों ओर दूर तक नज़र दौड़ाई। 'वह उधर कौन-सा मकान है, छोटा-सा? इस क़द में तो मैं वहाँ जा नहीं सकती। सब लोग डर जाएँगे। बस, उसके लायक ज़रा छोटी हो जाऊँ, फिर चलूँ, देखूँ!'

4

एलिस ने देखा कोई भागा चला आ रहा है। 'डाकिया है शायद,' उसने सोचा। जब वह कुछ पास आया तो उसे बड़ा अचम्भा हुआ।

'ओइ रे! इत्ता बड़ा लिफ़ाफ़ा! इत्ता तो वह आप भी नहीं होगा!'

ज़रा और पास से देखने के लिए वह एक पेड़ की आड़ में खड़ी हो गई। वह कोई शाही हरकारा मालूम होता था। बड़ी ज़रक-बरक पोशाक थी।

मगर उसके मुँह को देखकर तो ख़ामख़ा हँसी आती थी। बिलकुल मछली-का-सा मुँह था। वैसा ही गलफड़, और वैसी ही गोल-गोल चपटी आँखें। ऊपर से उसने पगड़ी कस रखी थी। एलिस मुश्किल से अपनी हँसी दबा सकी।

हरकारे ने दरवाज़े पर ठक-ठक करके दस्तक दी।

उसके जवाब में एक दूसरा अर्दली अन्दर से निकला। उसे देखकर भी एलिस को कम अचम्भा नहीं हुआ।

'कैसा मोटा-सा है मरा, मेढ़क-जैसा!' उसने आप-ही-आप कहा। '...हाय, मेढक ही तो है। बड़ी-बड़ी गोल-गोल आँखें निकली आ रही

हैं बाहर को–सर के ऊपर। मगर फेंटा कसे है यह भी। वाह रे अर्दली साहब!'

मेढक अर्दली अपनी मोटी, सुस्त-सी आवाज़ में बोला, "सलाम भैया मच्छीराम, क्या है?"

मच्छीराम अर्दली–सलाम दादू, यह लो! बुलावा है महारानी साहिबा का, बेगम साहिबा के लिए। कड़ू की वाला खेल होई।

मच्छीराम अर्दली की आवाज़ कुछ पतली-सी और तीखी थी।

दादू अर्दली–खेल, कड़ू की वाला? महारानी साहिबा का बुलावा? बेगम साहिबा के लिए? अच्छा, अच्छा! जाओ, दै देब; जाओ, दै देब!''

मच्छीराम–बन्दगी!

दादू–बन्दगी भैया!

उनकी बन्दगी का ढंग देखकर एलिस हैरान रह गई। 'अरे, अरे, देखो तो!' उसके मुँह से निकला। 'कैसे पास आकर, झुककर, बन्दगी कर रहे हैं! दोनों की नाक भी मिल गई एक-दूसरे से। हा, हा!'

एलिस ने अपनी हँसी रोकनी चाही, मगर वह रुकी नहीं। 'कैसे मज़े की बात है! हा, हा! भागूँ यहाँ से, नहीं तो मुझे हँसता हुआ सुन लेंगे। हा, हा!'

और हँसती हुई भागकर वह दूर के कुछ पेड़ों की आड़ में हो गई। वहीं से उसने देखा कि मच्छीराम जिस रास्ते आया था, उसी रास्ते उलटे पाँव वापस चला गया।

एलिस फिर लौट आई। उसने देखा कि दादू अभी तक दरवाज़े पर अकेला बैठा, आँखें फाड़े आसमान की तरफ़ एकटक देख रहा है। 'चलूँ, बड़ा घोंघा-बसन्त लग रहा है! दरवाज़ा खुलवाऊँ मैं भी,' उसने सोचा, और जाकर दरवाज़े पर ठक्-ठक् की।

मकान के अन्दर से बर्तनों के फेंके जाने, बच्चे के रोने और किसी के उसे डाँटने की आवाज़ें आ रही थीं। मगर दरवाज़ा बन्द होने से कोई बात साफ़-साफ़ समझ में नहीं आती थी।

दादू ने अपनी सुस्त, मोटी आवाज़ में उसे टोका, ''अइसे कुछ न बनी। कारन सुनो। पहला यह, कि तुम भी बाहेर, हम भी बाहेर। और दूसरा यह कि अन्दर बड़ा गड़बड़झाला है। उहाँ तो कान पड़े आवाज़ न सुनाई दे!''

एलिस को भी लगा कि सचमुच अन्दर बड़ा हंगामा मचा हुआ है।

दादू फिर धीरे-धीरे समझाने के ढंग से, इत्मीनान से बोला, ''जब तुम दरवाज़ा खटखटाओ तब अस चाहो कि वह हमरे-तुमरे बीच में पड़े। जैसे कि, मान लो, हम बाहेर हैं और तुम अन्दर; और दरवाज़ा बीच में रहे। तब तुम अन्दर से खट्ट-खट्ट करो, तो हम बाहेर से खोल दें, जिसमें तुम निकल जाओ। बस! छुट्टी!''

एलिस ने अपने मन में सोचा, 'यह कैसे अजीब तरह बात करता है और करते वक्त भी आसमान की ही तरफ़ देखता रहता है आँख खोले मगर करे भी क्या बेचारा! परमात्मा ने आँखें तो सर के ऊपर बना दी हैं।

दादू अपनी ही रौ में बोले जा रहा था, ''मैं तो बस, यहीं बैठा रहूँगा। कल तक, बस!''

चर्र की आवाज़ करके दरवाज़ा एकाएक खुला और साथ ही कोई बड़ी-सी-प्लेट सर्राती हुई आई और खटाक् से बाहर किसी चीज़ से टकराई।

एलिस डर गई। 'हाय, यह क्या! यह तो प्लेट अन्दर से आई! यह क्या हो रहा है? नाक उड़ गई होती दादू बेचारे की। वह तो अच्छा हुआ कि...'

दादू अपनी ही गाए जा रहा था, जैसे कोई बात ही नहीं हुई, ''कल नहीं तो परसों तक। बऽऽस! यहीं बैठा रहूँगा। बऽऽस!''

एलिस ने चिढ़कर उससे पूछा, ''अरे, बताइए न, मैं अन्दर जाऊँ कैसे?''

''अरे, जाना होगा ही क्या?'' 'होगा ही' पर ज़ोर देते हुए दादू ने उत्तर दिया।

'कैसा मूरख है!' एलिस ने मन-ही-मन कहा। 'इससे तो बात भी

करना असम्भव है!'

दादू अपनी ही धुन में बड़बड़ाए जा रहा था, ''मैं तो बैठा रहूँगा यहीं। बऽऽस! बहुत दिनों तक...बहुत दिनों तक...बहोऽऽत दिनों तक!''

एलिस ने फिर पूछा, ''तो क्या करूँ मैं, बताइए भी!''

दादू—जो जी में आए करो। हाँ, बस!

'मैं तो अब अन्दर जाऊँ! छोड़ूँ इस बला को!' यह सोचकर एलिस ने साहस करके दरवाज़े को हलका-सा धक्का दिया। मगर फिर ठिठकी, क्योंकि अन्दर बड़ा शोर हो रहा था।

फिर भी वह हिम्मत करके अन्दर चली ही गई।

अन्दर सचमुच बड़ा हंगामा मचा हुआ था।

अन्दर घुसते ही उसे एक छींक आई। कमरे में धुआँ-ही-धुआँ भरा हुआ था और मिर्चों की धसक भी आ रही थी।

उस धुएँ में एलिस ने महसूस किया कि सामने शायद बेगम

साहिबा बैठी हैं; बच्चे को खिला रही हैं। मगर कैसी चिढ़ी हुई हैं! और उधर बावर्चिन मालूम होती है, जो देगची में मिर्चें झोंक रही है।

बटलोई में चमचा बड़े ज़ोरों से खटर-पटर कर रहा था। कुछ भूना जा रहा था। बीच-बीच में बावर्चिन बर्तन–कटोरी, थाली, प्लेट आदि–फेंकती जाती थी। उनके गिरने से ज़ोर से झन्न की आवाज़ होती थी। साथ ही बावर्चिन चूल्हे को या बर्तनों को या मसालों को कोसती जाती थी।

बच्चा ज़ोर-ज़ोर से रो रहा था। बीच-बीच में बेचारा छींकता भी जाता था। उसकी माँ उसे रहते-रहते डाँट उठती, कभी-कभी थप्पड़ भी लगाती। और ख़ुद भी छींकती जाती।

अजब मकान था!

एकाएक एलिस के कान में किसी बिल्ली के घुर्र-घुर्र करने की आवाज़ आई। उसने गौर से देखा तो एक बिलाव तन्दूर के पास बैठा था। लगता था, जैसे आप-ही-आप हँस रहा हो, चौड़ा मुँह किए। एलिस को बड़ा अजीब लगा। कहीं बिल्लियाँ भी ऐसे हँसती होंगी! ज़रा मिलूँ तो बेगम साहिबा से और पूछूँ। नाराज़ होंगी तो हो लेंगी; देखा जाएगा!

तभी उसे ज़ोर की एक छींक आई–आक्छीं! ज़रा-सा रुककर वह ऊँची आवाज़ में बोली, ''आदाब बजा लाती हूँ, बेगम साहिबा!'' फिर गला साफ़ करके कहा, ''ज़रा यह बताइएगा कि आपका यह बिलाव आप-ही-आप हँस क्यों रहा है, इस तरह दाँत निकाले?''

बिलाव ने एक हलकी-सी 'म्याउँ' की आवाज़ की और और भी ज़ोर से घुर्र-घुर्र करने लगा।

बेगम साहिबा ने बच्चे की नाक साफ़ करते हुए कहा, ''यह चेशायर का ख़ास बिलाव है, इसीलिए।''

एकाएक उन्होंने डाँटकर कहा, ''चुप सुअर!'' और फिर पहले की

तरह बच्चे को लोरी देने लगीं। यानी एलिस की तरफ़ कोई ध्यान नहीं दिया।

एलिस बेगम साहिबा के डाँटने से एकाएक डर गई थी। पर तुरन्त उसने सोचा कि 'सुअर' शायद बच्चे को कहा गया था, उसको नहीं।

उसने फिर खाँसकर, बात जारी रखने के अन्दाज में कहा, "म... अ...मगर...आक्छीं!" उसे एकाएक छींक आ गई। "मैंने तो किसी बिल्ली को इस तरह मुस्कराते नहीं देखा!"

बेगम साहिबा–तुमने अभी देखा ही क्या है?

बच्चा रोने लगा था। उसे ज़ोर का एक थप्पड़ लगा। उसी समय दो-तीन बर्तन भी पास ही झन्न से आकर गिरे।

एलिस घबराकर चीख़ उठी, "हाय! ज़रा देख के बावर्चिन!... आक्छीं!...कुछ ख़याल तो करो! नाक उड़ गई होती बेचारे नन्हे बच्चे की!...आक्छीं!"

बच्चा उसी तरह रोता रहा। बेगम के लेखे जैसे कुछ हुआ ही नहीं।

बेगम ने बच्चे को धमकाकर और ज़ोर से नाक साफ़ करके एलिस से कहा, "आपको सिर्फ अपने कामों की तरफ़ ध्यान देना चाहिए, दूसरों के कामों में टाँग न अड़ानी चाहिए। अगर सब ऐसा करें तो इस दुनिया की रफ़्तार ढीली न हो, बल्कि और तेज़ हो जाए।"

"मगर देखिए न," एलिस ने कहा, और तभी उसे ज़ोर की एक छींक आई, 'आक्छीं!'–"अगर दुनिया की रफ़्तार तेज़ हो जाए तो इससे तो बड़ी गड़बड़ी पैदा हो जाएगी। दिन और रात का हिसाब सब ग़लत हो जाएगा। क्योंकि देखिए, यह दुनिया चौबीस घंटे में एक बार अपनी कीली पर घूम जा...आक्छीं!..."

उधर बच्चा एकाएक फिर रो पड़ा और इधर बेगम साहिबा ने कड़ककर कहा, ''यह लड़की कीलों की बात करती है। फ़ौरन ले जाओ इसको! और बस, उड़ा दो इसका सर!''

उसी क्षण झन्न से कुछ बर्तन आकर एलिस के पास गिरे।

एलिस डर गई। 'आँय-आँय-आँय! कहीं सचमुच ही तो मेरा सर...?' फिर उसने मन में सोचकर देखा, 'नहीं, नहीं, यह तो यों ही कह रही होगी।'

''हाँ तो,'' उसने बेगम साहिबा से कहा, ''मेरे ख़याल से तो वह चौबीस ही घंटे में एक बार घूमती है।'' फिर कुछ सोचकर बोली, ''या शायद...बारह घंटे में।...''

बेगम–(चिढ़कर) उँह, घूमती होगी। मेरा दिमाग़ मत चाटो। मुझे गणित से सख़्त नफ़रत रही है।

बच्चे को एक ज़ोर की छींक आई; उसका पूरा बदन हिल गया और वह फिर रोने लगा।

बेगम अपना ध्यान एलिस की तरफ़ से हटाने के लिए ज़ोर-ज़ोर से लोरी गाने लगी। वह ख़ूब झटके दे-देकर बच्चे को लोरी दे रही थी।

एलिस को यह लोरी बड़ी अजीब लगी। नींद की लोरी क्या, अच्छी-खासी डाँट-डपट की लोरी थी। इससे तो सोता हुआ बच्चा भी डरकर रोने लगे। और इसी के साथ-साथ बर्तनों की खड़खड़, और उनका गिरना या फेंका जाना इस लोरी के साथ मानो बाजे का काम दे रहा था। छींके सबको अलग आ रही थीं।

लोरी

''मुन्ने को डाँटो–डपटो–डाँटो।
मारो–कूटो, जब भी वो छींके!''

(बच्चा छींकता है, 'आक्छीं!' तमाचा पड़ता है, 'पड़ाक्!')

"वह तो जान-जान के छींके!
छींकने दो जितना भी छींके!"
—पड़ाक्!

(कोरस)

"भौं! भौं! भौं!
भौं! भौं! भौं!"

(बच्चा और बावर्चिन दोनों मिलकर कोरस की यह आवाज़ करते हैं।)

लोरी

"छींके तो मैं दूँ इक लप्पड़
ऐसा मारूँ—ऐसा घुड़कूँ,
—याद करे वो!
सड़ाक्!
अभी सुअर के जी में जो आवे
तो वो कहे, मैं तो मिर्चें ही सुड़कूँ!
—और मरे वो!
सड़ाक्!"

(कोरस)

(बच्चा, बावर्चिन और बेगम तीनों कुत्ते की आवाज़ में एकाएक भौंकते हैं–)

"भौं! भौं! भौं!
भौं! भौं! भौं!

एलिस के मुँह से निकला, "ऐसे तो मर जाएगा बेचारा! हाय-हाय!"

बेगम ने कहा, "लो, फिर तुम्हीं लो! तुम्हीं खिलाओ इसे गोद में, सुअर को! मुझे तो अब मलका महारानी के यहाँ जाना है, कड़ू की

खेलने।" फिर एकाएक तेज़ आवाज़ में ज़ोर से कहा, "लो इसे!"

एलिस बोली, "लाइए, इधर दीजिए। आप बेफ़िक्र हो जाएँ!" फिर आप-ही-आप कहने लगी, 'बेचारे को अधमरा तो कर दिया है। ऐसे में तो बेचारे की जान ही निकल जाएगी।'

बावर्चिन–बेकार की बातें!

उसने फिर कुछ बर्तन ज़ोर से इधर-उधर फेंके। बेगम दरवाज़ा खोलकर बाहर चली गईं।

एलिस–अरे, क्या पागल हो गई है बावर्चिन, जो बेगम के बाहर निकलते-न-निकलते उनको गरम-गरम तवा खींचकर मारा। मैं तो बाज़ आई यहाँ से! बस, बाहर चलती हूँ मैं भी। बाहर खुले में खिलाऊँगी इसे।...मेरा मुन्ना!

एलिस बच्चे को थपकियाँ देते हुए, उसे गोद में लिए-लिए बाहर आई! "चुप हो जा! चुप हो जा! मुन्ना मेरा! भैया मेरा! छो जा!" '...हाय, यह तो सो भी गया।'

'कैसे ज़ोरों के खुर्राटे भर रहा है! कहीं नन्हे बच्चे भी ऐसे खुर्राटे भरते होंगे!' उसने सोचा। 'और नाक कैसी उठी हुई है इसकी, सुड़कू की!'

फिर उसे आप-ही-आप कुछ आश्चर्य-सा होने लगा, क्योंकि अब वह बड़ा गन्दा-सा लग रहा था। वह बच्चे से बोली, "देख, अगर तू सुअर की-सी शक्ल बनाएगा, तो मैं गोदी में नहीं लूँगी तुझे, हाँ!"

वह आप-ही-आप सोचने लगी, 'कुछ गन्दे बच्चे तो सचमुच ऐसे ही लगते हैं, जैसे वह मेरी क्लास में हैं...माबेल और वह बाब! छिः मैं तो कभी भी न होऊँ ऐसी, चाहे मुझे कोई एक लाख पौंड भी क्यों न दे।'

बच्चे का खुर्राटा और बढ़ गया था। 'अरे, यह तो बड़े ज़ोरों के खुर्राटे, "मुन्ना भैया!" कुछ-कुछ वैसी ही आवाज़ आ रही थी, जैसी

सुअर करते हैं। एकाएक उसकी शकल की तरफ़ देखा, तो वह चौंकी।

"हाय, यह क्या मुन्ना भैया!" 'यह तो सचमुच सुअर का बच्चा हो गया। छिः, उतर भई, मैं नहीं रखती तुझे गोद में। जा, अपनी राह,

जा! जभी मैं कहूँ, यह इतना भारी क्यों होता जा रहा है!"

उसने एकदम उसे नीचे उतार दिया।

'यह लो, वह तो निकल भी गया दूर!'

उस समय उसके दिल में यही बात आई कि कुछ गन्दे-से बच्चों को तो, जो कहना नहीं मानते, सचमुच ही सुअर बना देना चाहिए। हाँ!

कहीं से बिल्ली की पतली, हलकी-सी 'म्याऊँ' की आवाज़ आई।

चौंककर एलिस ने देखा, तो चेशायर पूस पेड़ पर बैठा था। बिलकुल उसी तरह यहाँ भी चौड़ा मुँह किए आप-ही-आप हँस रहा था।

"इसी से क्यों न रास्ता पूछूँ,' एलिस ने सोचा।

"चेशायर पूस!" एलिस ने पुकारा।

जवाब में पूस ने हलकी-सी 'म्याऊँ' की और घुर्र-घुर्र की आवाज़ भी।

'चेशायर पूस, मुझे ज़रा मेहरबानी करके बता दो, मैं यहाँ से अब किधर को जाऊँ?"

चेशायर पूस–जिधर को भी जाना चाहो, जाओ।

एलिस–मेरा मतलब यह है कि जिसमें रास्ता मुझे कहीं-न-कहीं पहुँचा दे।

चेशायर पूस–अगर चलती जाओगी, चलती जाओगी, चलती जाओगी, तो रास्ता कहीं-न-कहीं ज़रूर पहुँचा देगा।

एलिस–उँह!...अच्छा यह तो बताओ कि इधर आसपास रहते कैसे लोग हैं?

चेशायर पूस–इधर, मेरे दाहिने पंजे की तरफ़ को तो एक हैट बेचनेवाला रहता है। और उधर...मेरे बाएँ पंजे की तरफ़ मार्ची ख़रगोश का घर है। दोनों ही एक-से पागल–सिड़ी!

एलिस–लेकिन भाई, मैं पागलों के बीच में तो नहीं जाना चाहती।

चेशायर पूस–पर तुम करोगी क्या? यहाँ तो सभी पागल हैं–

पागल और सिड़ी! सब-के-सब, तुम भी और मैं भी!

एलिस ने हैरान होकर कहा, "हाय, मैं पागल? मैं नहीं हूँ पागल। नहीं!...मगर, चेशायर पूस, तुम कैसे हुए पागल? कैसे मालूम कि पागल और सिड़ी हो तुम?"

चेशायर पूस बहुत हलकी-सी हँसी हँसा। बोला, "अच्छा देखो! कुत्ता तो कभी पागलपन नहीं करता न!"

एलिस—न, जहाँ तक मैं सोचती हूँ, कभी नहीं करता।

चेशायर पूस—तो अब देखो। जब कुत्ता गुस्से में होता है तो गुर्राता है और जब ख़ुश होता है, तब अपनी दुम हिलाता है। है न! अच्छा,

और मैं?...जब ख़ुश होता हूँ तो गुर्राता हूँ और जब गुस्से में होता हूँ, तब बार-बार दुम हिलाता हूँ। है न! इसीलिए, बताओ, मैं पागल हुआ कि नहीं?

एलिस—मैं उसको गु र्राना नहीं कहती, 'घुड़राना' कहती हूँ— 'घुर्र-घुर्र' करना।

चेशायर पूस—तुम उसे चाहे जो कहो। तुम भी जा रही हो क्या कड़ू की खेलने, मलिका के साथ?

एलिस—मैं चाहती तो हूँ जाना ज़रूर। मगर मुझे तो कोई बुलावा ही नहीं आया।

चेशायर पूस—अच्छा देखा जाएगा। मैं वहाँ तुम्हें मिलूँगा।

एलिस ने अचम्भे के साथ देखा कि चेशायर पूस एकदम उसकी आँखों के सामने-सामने, डाल पर बैठे-बैठे हवा में घुल गया।

चेशायर पूस—हाँ, एक बात है।

चेशायर पूस फिर उसी डाल पर दिखाई दे रहा था।

एलिस—(चौंककर) ओह, क्या फिर आ गए?...हाँ, क्या बात है?

चेशायर पूस–मैं यह तो पूछना भूल ही गया था कि उस बच्चे का क्या हुआ फिर?

एलिस–वह तो सुअर बन गया।

चेशायर पूस–हाँ, यही सोच रहा था मैं भी।

और यह कहते ही वह फिर घुल गया हवा में।

एलिस का ख़याल था कि वह अब शायद फिर प्रकट नहीं होगा। फिर भी उसने सोचा कि देखूँ–देखूँ कुछ देर।

कुछ देर बाद उसे निश्चय हो गया कि अब नहीं आएगा...तो... उसने तय किया, 'तो मैं मार्ची ख़रगोश के ही यहाँ जाऊँ। हैट बेचनेवाले तो मैंने बहुत से देखे हैं। मार्ची ख़रगोश नहीं देखा। उसी से भेंट करूँ ज़रा! वह ऐसा कोई बहुत ही पागल थोड़ा होगा! क्योंकि मार्च का महीना भी तो नहीं है। तो बस...'

"...हाँ...वो...क्या कहा था तुमने?–'सुअर' कि 'गूलर'?" एकाएक एलिस ने फिर पूस की आवाज़ सुनी। वह फिर पेड़ पर उसी जगह नज़र आ रहा था।

एलिस–'सुअर' कहा था।...मगर पूस भाई, देखो एकदम ग़ायब हो गए, फिर एकदम निकल आए; इससे मेरा सिर चकराने लगता है। ऐसा न करो मेरे साथ, मेहरबानी करके।

चेशायर पूस–अच्छा।

अबकी एलिस ने देखा कि 'सचमुच वह बहुत ही धीरे-धीरे गायब हो रहा है। पहले दुम और पीठ गायब हुई–पंजे भी हवा में मिट गए। फिर उसने देखा कि कान भी जा रहे हैं। बस, नाक और चौड़ी-सी फैली हुई मुस्कराहट रह गई है...बल्कि कहना चाहिए, सिर्फ दाँत ही चमक रहे हैं। 'ऐसा भी किसी ने देखा होगा कि मुस्कराहट मौजूद और मुस्करानेवाला ग़ायब!' एलिस ने सोचा।

एलिस ने सर को एक झटका दिया और निश्चय करके मार्ची

ख़रगोश का घर ढूँढने चल दी।

दूर से ही मकान को देखकर एलिस को पूरा विश्वास हो गया कि यहीं मार्ची ख़रगोश रहता है। क्योंकि उसकी चिमनियाँ बिल्कुल ख़रगोश के कान जैसी थीं।

खुले आँगन में आकर उसे ऐसा लगा, जैसे वहाँ किसी दावत का इन्तज़ाम हो।

बीच में एक मेज़ रखी थी और चारों तरफ़ बहुत-सी कुर्सियाँ, और प्लेट-प्याले। मगर वहाँ बैठे थे सिर्फ तीन ही जने–एक, हैट-टोपी बेचनेवाला। उसके सर पर एक बड़ा ऊँचा-सा हैट था। उसी पर उसके दाम भी लिखे हुए थे। दूसरे, मोटे मूस। और तीसरे, मार्ची ख़रगोश ख़ुद।

एलिस को दूर से देखते ही मोटा मूस और हैट-टोपी बेचनेवाला दोनों चिल्लाए, "यहाँ और मेहमानों की जगह नहीं है। और मेहमानों

की जगह नहीं है!"

एलिस–क्यों, सारी मेज़ तो खाली पड़ी है। बस तीन ही जने तो हैं आप लोग! और इतने सारे प्याले जो सब खाली हैं, ये किसके लिए हैं?

तीनों ने एक साथ हाथ हिलाकर कहा, "नहीं! नहीं! नहीं!"

मगर एलिस पर इनका कोई खास रोब नहीं पड़ा। वह उनके बराबर की एक सीट पर जाकर जम गई।

मार्ची ख़रगोश–अव्वल तो बिना निमंत्रण के मेरे घर आना, और फिर बिना कहे बैठ भी जाना!

हैटवाला–और फिर बाल तो देखो, कितने बढ़े हुए हैं! ठीक से कटिंग भी नहीं हुई। उनमें रिबन तक नहीं।

एलिस–सभ्यता इसे नहीं कहते हैं कि आप लोग किसी के जाती मामलों में दख़ल दें।

हैटवाला–बड़ी सभ्यता!...अच्छा बताओ, लिखने का डेस्क और कौवा, दोनों एक-से क्यों हैं?

इस प्रश्न से एलिस मन-ही-मन बहुत ख़ुश हुई। सोचा, 'चलो, अच्छा है, अब पहेली-बुझौवल होगी।'

मार्ची ख़रगोश–तुम समझती हो कि तुम बता ले जाओगी, क्यों दोनों एक-से होते हैं?

एलिस–ज़रूर। जो बूझ लूँगी तो ज़रूर बता दूँगी।

हैटवाला–जो बूझ लोगी, तो कैसे बता दोगी? क्या बूझना और बताना एक ही बात है? फिर तुम कहोगी कि जो देख लूँगी, वह खा लूँगी; और जो खा लूँगी वह देख लूँगी...क्या यह भी एक ही बात है?

मार्ची ख़रगोश–फिर तुम कहोगी, जो मुझे अच्छा लगेगा, मैं ले लूँगी; और जो मैं ले लूँगी, वह मुझे अच्छा लगेगा। क्या यह भी एक ही बात है?

मोटा चूहा नींद में झूल रहा था। मगर एकाएक वह भी बोल पड़ा। उसकी आवाज़ नींद से भारी थी "फिर तुम कहोगी कि मैं सोऊँगी तो साँस लूँगी; और साँस लूँगी तो सोऊँगी। क्या यह भी एक ही बात है?"

हैटवाले ने उसे ज़ोर से डाँटा, "चुप रह! तेरे लिए तो यह एक ही बात है!"

एलिस पहेली का जवाब सोचती रही। वह मन-ही-मन दोहराती रही, 'लिखने का डेस्क और कौआ...कौआ और...'

एकाएक हैटवाले ने पूछा, "आज महीने की कौन-सी तारीख है?"

और यह कहकर, जेब से घड़ी निकाली। उसे कान के पास ले गया, फिर ग़ौर से देखा।

एलिस को बड़ा अजीब लगा। उसने कहा, "आप घड़ी में तारीख क्या देख रहे हैं, कान से लगाकर?...तारीख तो, मेरा ख़याल है, चौथी..."

हैटवाले ने कहा, "दो दिन ग़लत।" फिर कड़े स्वर में ख़रगोश से बोला, "मिस्टर मार्ची, तुम्हें याद है न, मैंने तुमसे कहा था कि मक्खन उस काम के लिए ठीक नहीं होगा?"

मार्ची ख़रगोश ने कुछ अफसोस के साथ मुँह लटकाकर जवाब दिया, "मगर मक्खन तो असली था!"

हैटवाले ने फिर भुनभुनाकर कहा, "मगर रोटी के कुछ छिलके भी तो उसमें पड़ गए होंगे? तुम्हें रोटी काटनेवाले चाकू से वह मक्खन नहीं भरना था!"

एलिस को ख़रगोश के ऊपर बड़ा तरस आया। 'बेचारा मार्ची! कैसा उदास मुँह किए अपनी घड़ी को देख रहा है!'

एकाएक उसने आश्चर्य से देखा कि वह घड़ी को चाय में डुबा

रहा है, और फिर उसे निकालकर ग़ौर से उसे देख रहा है।

उसी अफसोस के साथ मुँह लटकाए हुए मार्ची ख़रगोश फिर बोला, "मगर मक्खन तो बिलकुल असली था। तुम तो जानते हो।"

एलिस–कैसी अनोखी घड़ी है! महीने का दिन बताती है, समय नहीं बताती!

उसे हलकी-सी हँसी भी आ गई।

हैटवाला–क्यों बताए समय? क्या तुम्हारी घड़ी बताती है कि अब कौन साल है?

एलिस–साल क्यों बताए? साल तो आप ही बहुत दिनों तक चलता है।

हैटवाला–यही तो मेरी घड़ी के साथ है।

एलिस–माफ़ कीजिए, मैं आपकी बात समझी नहीं।

हैटवाले ने उसकी तरफ़ कोई ध्यान नहीं दिया। वह मुड़कर ख़रगोश से बोला, "मोटू फिर सो गया। उसकी नाक पर चाय डालो।"

मार्ची ख़रगोश ने थोड़ी-सी चाय मोटे चूहे की नाक पर उँड़ेल दी।

एलिस–हाय, बेचारे की नाक जली।

मोटा चूहा–(सोते से चौंककर नाक हिलाते हुए) ठीक! ठीक! ठीक! यही तो मैं कह रहा था।

हैटवाले ने एकाएक एलिस से पूछा, "तुमने पहेली बूझ ली?"

एलिस–नहीं। मैं तो सोच-सोच के हार गई। मुझे समझ ही नहीं आई। आप बताइए, क्या है इसका जवाब?

हैटवाला–मुझे ख़ुद नहीं मालूम।

मार्ची ख़रगोश–और न मुझे।

एलिस–आह, कितना समय बेकार गया! इसको ऐसी पहेलियों में बरबाद नहीं करना चाहिए जिनका कोई जवाब ही न हो।

हैटवाला–अगर तुम समय को कुछ भी जानती होतीं, तो 'इसको'

न कहतीं, 'इनको' कहतीं।

एलिस–आपकी बात मेरी समझ में नहीं आई।

हैटवाला–(कुछ शान से) ये बातें तुम्हारी समझ में नहीं आ सकतीं। मैं दावे से कहता हूँ कि तुम्हारी समय के साथ आज तक कोई बात नहीं हुई।

एलिस ने कहा, "हाँ, शायद नहीं। लेकिन..." वह कुछ संकोच से बोली, "लेकिन जब मैं संगीत सीखती हूँ तब ठीक समय पर थाप देती जाती हूँ...इस तरह।" उसने हाथ से ताल देकर बताया।

हैटवाले ने बड़े अक़्लमन्द की तरह सिर हिलाकर कहा, "हाँ, इसीलिए तो! वह थाप पसन्द नहीं करता। अगर तुम उससे ठीक-ठीक बरताव करो, तो वह तुम्हारी घड़ी में जो चाहोगी बजा देगा। अब जैसे, मान लो, कि सुबह के साढ़े दस बजे हैं, और सबक़ पढ़ने का घंटा हो गया तो तुम चुपके से समय के कान में इशारे से कह दो! बस। फिर देखो, सुई एकदम घूमकर डेढ़ पर आ जाएगी। दोपहर के खाने का टाइम हो जाएगा।"

मार्ची ख़रगोश–(बहुत धीरे से) काश, कि मेरे लिए ऐसा हो जाता!

एलिस ख़ुशी से बोली, "हाँ, रे! तब तो कितना अच्छा होता! सचमुच!" फिर वह कुछ सोचने लगी और बोली, "पर देखो न, तब मुझे भूख थोड़े ही लगती!"

हैटवाला–हाँ, हाँ, शुरू-शुरू में तो नहीं लगती, मगर तुम फिर जब तक चाहतीं, डेढ़ बजाए रखतीं।

एलिस–क्या आप ऐसा ही करते हैं?

हैटवाले का स्वर एकदम बहुत गम्भीर और उदास हो गया। बोला, "नहीं भाई, मैं तो ऐसा नहीं करता।" फिर उसने एलिस को समझाने के ढंग से बताया, "बात यह है कि पिछले मार्च के महीने में

मेरी उससे कुट्टी हो गई! कुट्टी! यह तभी की बात है, जब ये मार्ची ख़रगोश पगला गए थे।" उसने चाय का चम्मच मार्ची की नाक में लगाकर बताया।

एलिस–(प्रार्थना के स्वर में) देखिए, चम्मच उनकी नाक में लगाकर मत बताइए!

हैटवाला–बड़ा भारी नाच-गाने का दिन था उस रोज! और पान की मलिका-महारानी ने बड़ी ठाट-बाट की दावत की थी। और मुझे

एक गीत गाना पड़ा था। उनके दरबार में।...

हैटवाला वही गीत गुनगुनाने लगा, जो उसने वहाँ गाया था–

“टिमटिम टिमटिम, टिमटिम टिमटिम
चमको, चमको, नन्हे-नन्हे चमगादड़!
देख चकित हूँ, देख चकित हूँ–
जाने क्या तुम, जाने क्या तुम
करते रहते उड़-उड़कर!

“शायद तुमने सुना होगा यह गीत?” उसने कहा।

एलिस–हाँ, ऐसा ही कुछ-कुछ है।

हैटवाले ने कहा, “आगे इसमें आता है...मालूम है न?–

दूर, बहुत ही दूर, बहुत ही दूर
बहुत दुनिया के ऊपर
उड़ते रहते, उड़ते रहते
जैसे चा की ट्रे उड़ती है
टिमटिम, टिमटिम,
टिमटिम, टिमटिम!

मोटा चूहा नींद-भरी अपनी भारी आवाज़ में धीरे-धीरे दोहराने लगा–“ठिमठिम, ठिमठिम, ठिमठिम, ठिमठिम, ठिमठिम...”

“चुप!” हैटवाले ने ज़ोर से चिकोटी काटकर उसे डाँटा।

“चुप!” मार्ची ख़रगोश ने भी धीरे से डाँटकर कहा।

एलिस–उसके चिकोटी मत काटिए, बेचारे के!

हैटवाला–हाँ, तो मैंने अभी गीत खत्म भी नहीं किया था कि मलिका चिल्लाईं, ‘यह समय का खून कर रहा है। उड़ा दो इसकी गर्दन!’

एलिस–हाय, कैसी ज़ालिम है मलिका!

हैटवाला बड़ा उदास मुँह बनाकर बोला, “बस भाई, वह दिन है

और यह दिन, तब से समय मेरा रत्ती-भर भी कोई काम नहीं करता। तब से हमेशा छह ही बजे रहते हैं!''

एलिस को यह बड़ी नई बात मालूम हूई। ''अच्छा?'' उसने कहा। ''तभी चाय के इतने सारे प्याले यहाँ रखे हुए हैं!''

हैटवाला–(आह भरकर) हाँ, यही तो बात है। बराबर चाय का टाइम रहता है। यहाँ तक कि हमें बीच में प्लेट-प्याले धोने का भी वक्त नहीं मिलता।

एलिस–अच्छा! इसीलिए आप लोग अपनी सीट छोड़कर एक-एक सीट आगे बढ़ते जाते हैं? फिर उसके बाद क्या करते हैं?

मार्ची ख़रगोश–(ऊबकर) ऊँह, हटाओ। अब कोई और बात करो। मेरी राय में अब इस लड़की को चाहिए, कोई कहानी सुनाए।

एलिस–मुझे तो कोई कहानी कहनी नहीं आती। सच कह रही हूँ।

हैटवाला–तब फिर मोटा चूहा सुनाएगा कहानी। उठ मोटू, उठ! उठ! हैटवाले ने बड़ी बेदर्दी से उसके चिकोटी काटी।

मोटा चूहा एक लम्बी 'रस्सी!' करके बोला, ''मैं सो थोड़े ही रहा था! मैं तो आप लोगों की सब बातें सुन रहा था!''

मार्ची ख़रगोश–तो बस, चलो, अब कहानी सुनाओ!

एलिस ने भी प्रार्थना के स्वर में कहा, ''हाँ मोटे चूहे साहब, सुनाइए कोई अच्छी-सी कहानी!''

मोटे चूहे ने बहुत जल्दी-जल्दी कहना शुरू किया, ''बहुत पुरानी बात है; जब तीन सगी बहनें रहती थीं। उनके नाम थे–एल्सी, लेसी, टिल्ली। वे एक कुएँ के अन्दर, बिलकुल उसके अन्दर, रहती थीं।''

एलिस–लेकिन वहाँ वे खाती क्या थीं?

मोटा चूहा–(कुछ सोचकर) वे...वे...वे शीरा खाती थीं।

एलिस–नहीं! शीरा नहीं खाती थीं। शीरा खाकर बीमार न पड़ जातीं?

मोटा चूहा–तो बीमार तो वे पड़ ही गई थीं। बहुत ही बीमार! बहुत ही बीमार!

एलिस–ओह हो, तब फिर वे उस कुएँ में क्यों रहती थीं?

मार्ची ख़रगोश–एलिस बीबी, थोड़ी-सी चाय और ले लीजिए!

एलिस ने कुछ नाराज़गी और रुखाई से जवाब दिया, "थोड़ी-सी क्या...मैंने तो ज़रा-सी भी चाय नहीं ली अब तक!"

हैटवाला–तुम्हारा मतलब यह है कि तुम और कम ले नहीं सकतीं? न कुछ लेने के बाद, और कुछ लेना तो बहुत आसान है।

एलिस बोली, "बस रहने दीजिए। कोई आपकी राय नहीं माँग रहा है।" फिर कुछ तकल्लुफ-सा करते हुए उसने कहा, "अच्छा दीजिए, लिए लेती हूँ चाय-टोस्ट।...मगर मोटे मूसजी, यह तो बताइए कि वे तीनों बहनें कुएँ के अन्दर, बिलकुल उसके अन्दर, तह में क्यों रहती थीं?"

मोटा चूहा धीरे-धीरे सोचता हुआ बोला, "अ...अ...अ...अ..." फिर एकाएक "वह शीरे का कुआँ था न!"

एलिस चिढ़कर बोली, "कहीं शीरे का भी कुआँ होता होगा!"

"हिश्श्श्श!" हैटवाला और ख़रगोश एक साथ बोले।

मोटा चूहा कुछ बुरा मान गया था। उसने दबी आवाज़ में गम्भीरता से कहा, "अगर आप तहज़ीब के साथ चुपचाप कहानी सुन सकती हैं तो सुनिए। नहीं तो फिर आप ही इस कहानी को पूरा कर लीजिए! हाँ, नहीं तो!"

एलिस–नहीं, नहीं; आप कहिए। मैं अब नहीं रोकूँगी। कौन जाने, हो सकता है, ऐसा कोई एक कुआँ हो कहीं!

मोटे चूहे ने और भी बुरा मानकर उसकी नकल उतारते हुए कहा,

''एऽज कुआँ! हुँ हँ।...अच्छा तो खैर।'' अब फिर वह जल्दी-जल्दी कहानी सुनाने लगा, ''ये तीनों लड़कियाँ, छोटी-छोटी लड़कियाँ कुछ-कुछ खींचना सीखती थीं। कुछ खींचना।''

एलिस—क्या खींचना?

मोटे चूहे ने बिना कुछ सोचे, झट से जवाब दिया, ''शीरा!''

हैटवाला—मुझे एक प्याला चाहिए। हमलोग ज़रा एक-एक सीट आगे-आगे बढ़ चलें।

सब एक-एक सीट और आगे बढ़कर नए प्लेट-प्यालों के सामने जम गए।

एकाएक दूधदानी औंधी हो गई। इस पर एलिस बोल उठी, ''हाँऽ! देखिए, मार्ची साहब, आपका पंजा लगने से सारी दूधदानी

औंधी हो गई है।" फिर कुछ याद करके बोली, "मैं यहाँ पर टोक नहीं रही हूँ। मगर, देखिए, बस एक बात मेरी समझ में नहीं आई, वह बता दीजिए कि वे शीरा कहाँ से खींचती थीं?"

हैटवाला बोला, "तुम कुएँ से पानी खींच सकती हो कि नहीं? बस, वैसे ही समझ लो। लोग शीरे के कुएँ से शीरा भी खींच सकते हैं। शिह! इतनी-सी बात भी समझ में नहीं आई।" फिर बहुत धीरे से कहा, "बुद्धू!"

लेकिन एलिस ने फिर ज़ोर देकर कहा, "लेकिन वे तो कुएँ के अन्दर थीं, बिलकुल उसकी तह में!"

जवाब में मोटे चूहे ने भी उसी तरह ज़ोर देकर कहा, "और क्या! बिलकुल अन्दर तह में!"

एलिस ने उदास होकर, मजबूरन हार मान ली और धीरे से कहा, "ख़ैर अच्छा!"

मोटे चूहे ने एक गहरी साँस खींचकर कहा, "हाँ तो, वे खींचना सीख रही थीं। तरह-तरह के चित्र और मूर्तियाँ...तरह-तरह की चीज़ें... वे सारी चीज़ें, जिनका नाम 'च' से शुरू होता है।"

एलिस–क्यों, 'च' से ही क्यों?

मार्ची ख़रगोश–क्यों, 'च' से ही क्यों नहीं?

"अच्छा, खैर," कहकर एलिस चुप हो गई।

इस बीच मोटे चूहे की आँख झपक गई थी और वह मज़े में हलके-हलके खुर्राटे लेने लगा था।

हैटवाला बोला, "अबे, उठ! फिर सो गया, मोटू! उठ!" और उसके एक बहुत ज़ोर की चिकोटी काटी।

मोटे चूहे ने ज़ोर से 'स्स्सी!' की, और बोला, "उफ़!...हाँ, 'च' से शुरू होता है। जैसे, 'चूहेदानी', 'चाँद' 'चम्मच', 'चिकनापन'...कहते हैं न, 'चिकनाई का चिकनापन'! तुमने किसी को चिकनापन खींचते

हुए देखा है कभी?''

एलिस—देखो तो इसे! मुझसे पूछ रहा है। जैसे सचमुच मुझे पता हो। मैं तो नहीं समझती कि कोई...।

हैटवाला—नहीं समझती तो बोलो मत बीच में।

मोटा चूहा फिर खुर्राटे लेने लगा था।

एलिस अब सचमुच खीझ से भर उठी। गुस्से से प्याले वगैरह एक तरफ़ सरकाकर उठ गई। बोली, ''यह क्या वाहियात बात है! जाने क्या समझ लिया है मुझे! बाज़ आई मैं! लो, यहाँ से जाती हूँ मैं! हाँ, नहीं तो!''

और वह वहाँ से धीरे-धीरे चल दी। मगर उसके मन में था कि वे उसे बुला लें, उससे कहें कि 'आ जाओ एलिस बीबी, गुस्सा मत होओ!' मगर वहाँ किसी का भी ध्यान उसकी ओर न था। अलबत्ता उसने चौंककर देखा कि वे मोटे चूहे का सर चाय के बरतन में औंधा कर रहे हैं। बेचारा!...अब इसके बाद तो उसे नींद नहीं आनी चाहिए!

एलिस ने रूठे हुए स्वर में ज़रा ज़ोर से कहा, ''मैं तो कभी न जाऊँ ऐसी दावत में! ऐसी तो चाय-पार्टी मैंने सारी उम्र नहीं देखी!''

5

एलिस यों ही घूमती-घामती चली जा रही थी कि उसने एक बड़ा भारी पेड़ देखा। उसके पास आकर उसे और भी अचम्भा हुआ, क्योंकि उसके तने में किवाड़ लगे हुए थे।

एलिस ने ज़रा-सा धक्का देकर अन्दर झाँका, और फिर फ़ौरन अन्दर चली गई।

वहाँ उसने अपने आपको उसी हाल के अन्दर पाया जहाँ शीशेवाली मेज़ थी। वह उसने फ़ौरन पहचान ली। वह छोटा-सा दरवाज़ा भी उसने देखा, जिसके पार वही लुभावना बाग़ था, जिसको देखने के लिए एलिस इतनी लालायित थी।

इसके लिए क़द को छोटा करना सबसे पहली ज़रूरत थी। जेब से कुकुरमुत्ते के टुकड़े उसने निकाले, उन्हें खाकर वह फिर नन्ही-मुन्ही-सी हो गई।

अब वह बाग़ में थी। वहाँ उसने देखा, तरह-तरह के फूल खिले हुए हैं, रंगों की जैसे नुमाइश है। और उनके बीच में वह फ़ौवारा! एलिस मारे ख़ुशी के नाच उठी।

इतने में उसने कुछ लोगों की खुसर-पुसर सुनी। आगे बढ़कर

देखा तो हैरान रह गई।

गुलाब के पौधों के नीचे कुछ ताश के पत्ते-से खड़े थे। कोई सत्ता था, कोई पंजा, कोई तिग्गी। और मज़ा यह कि उन सब की पीठ भी

एक ही छाप की थीं, जैसी ताश के पत्तों की होती हैं। और उसने क्या देखा कि वे सब-के-सब जल्दी-जल्दी सफ़ेद गुलाब के फूलों को लाल रंग से रँग रहे हैं। ऐसे माली तो उसने कहीं नहीं देखे थे। कुछ देर वह चुपचाप उनकी बातें सुनती रही, जो इस प्रकार थीं–

दुग्गी–देख मेरे ऊपर रंग मत छिड़क, पंजे भाई!

पंजा–अरे दुग्गी, माफ़ करना! यह सत्ते ने ज़रा कुहनी मार दी थी।

सत्ता–हाँ, हाँ, लगा दो मेरा ही नाम।

पंजा–देख सत्ते, मुँह मत खोल मेरे आगे। कल मलिका महारानी क्या कह रही थीं, याद है? तू बस इसी क़ाबिल है कि तेरी गर्दन उड़ा दी जाए!

दुग्गी–क्या कल फिर कोई क़सूर किया था इसने? ज़रा बताओ तो पंजे भाई!

सत्ता–देखो दुग्गी, तुम्हें दूसरों के मामलों में पड़ने का कोई अधिकार नहीं।

पंजा–क्यों नहीं, हज़ार बार है। लो, मैं बताता हूँ। कल इनसे बावर्ची ने मँगाया प्याज, ये ले आए चुक़न्दर!

एलिस से चुप खड़े न रहा गया। आगे बढ़कर बोली, ''अरे भाई, यह बताओ, तुम इन सफ़ेद गुलाबों को लाल रंग से क्यों रँगे जा रहे हो?''

उनमें आपस में कुछ खुसर-पुसर होने लगी। फिर एक बोला, ''बात यह है, बात यह है मिस साहब, कि हमसे कहा गया था लगाने को लाल गुलाब; हम लगा गए सफ़ेद। अब मलिका महारानी देखेंगी, तो बस समझ लीजिए, हमारी गर्दनों की खैर नहीं।''

उसी समय बाजे-गाजे की आवाज़ एलिस के कानों में पड़ी; जैसे कोई जुलूस इसी ओर आ रहा हो।

पंजे ने फ़ौरन कहा, “अरे वह देखो, वह देखो! मलिका महारानी की सवारी आ रही है। सब जल्दी-जल्दी औंधे लेट जाओ भाई!”

एलिस ने देखा कि सब-के-सब औंधे होकर रास्ते के दोनों तरफ़ लेट गए। जुलूस का शोर और भी नज़दीक आ गया।

एलिस ने कहा, ‘हाय’ बिलकुल उलटे पड़े हुए ताश के पत्ते कैसे लग रहे हैं, बेचारे!’ फिर मन में सोचने लगी, ‘क्या बादशाहों की सवारी के वक्त औंधे मुँह पड़ने का कोई क़ायदा है? मैं तो नहीं पड़ती औंधी! मैं तो देखूँगी अच्छी तरह जुलूस को!’

अब जुलूस बिलकुल उसके सामने से गुज़र रहा था। आगे-आगे बैंड बजता जा रहा था। उसके पीछे खूबसूरत वर्दी में बल्लमबर्दार आए। ये भी बिलकुल ताश के पत्ते-जैसे थे। इनके पीछे दरबारी लोग और अमीर-उमरा। सब बड़े ज़र्क-बर्क़ कपड़े पहने हुए थे।...और फिर तभी एलिस के कान में बच्चों की चहकती हुई आवाज़ें पड़ीं। देखा, तो छोटे-छोटे बच्चे चमकते हुए रंग-बिरंगे कपड़े पहने, हँसते-कूदते चले आ रहे थे। एलिस ने उनकी कुछ बातें भी सुनीं, जो वे आपस में करते चले आ रहे थे।

—ईला, देखो, मेरी ज़री की टोपी ठीक रखी हुई है न?

—और मेरा हीरे-मोती का मुकुट?

—ठीक है, सुनहरी बालों में ख़ूब चमक रहा है!

—देखो मेरी माला, कल मार्था ने मुझे इनाम में दी थी।

—और बॉबी, अपनी नन्ही-सी तलवार तो दिखाना!...तुम इतने मेरी देख लो!

—नहीं दिखाते!

—मेरी! मेरी!

—मार्गरिट!...

धीरे-धीरे बच्चों का जुलूस भी निकल गया।

एलिस के मुँह से निकला 'हाय, कैसे प्यारे बच्चे हैं! जी करता है इन्हीं के साथ मैं भी खेलती हुई चलूँ! सब महल के बच्चे हैं। कैसे प्यारे-प्यारे!'

फिर नवाब और राजे-महाराजे आए। उनकी दबी हुई हँसी, खाँसने और गुप-चुप बात करने का गम्भीर ढंग अजीब-सा लगा एलिस को। साथ-साथ उनकी बेगमें और रानियाँ भी थीं। सब के सर पर ताज थे। इतने हीरे-जवाहरात इन लोगों ने पहन रखे थे कि एलिस की आँखें चकाचौंध हो गईं। बेगमों से तो मारे नज़ाकत के चला ही नहीं जा रहा था। उनको देख-देखकर एलिस मन-ही-मन खूब हँसी।

फिर इन सबके पीछे उसने देखा...पान का ग़ुलाम ही तो था वह! लाल मख़मल के गद्दे पर पान के बादशाह का ताज लिए आ रहा था। 'ओफ़्फ़ोह!' एलिस ने कहा, 'कितना बड़ा ताज है!'

पीछे-पीछे एक भीड़ जय-जयकार करती आ रही थी–''मलिका महारानी की जय! बादशाह सलामत की जय!''

'अच्छा, ये हैं मलिका महारानी!' एलिस ने आप-ही-आप कहा। 'ये हैं पान की मलिका महारानी! पान के बादशाह के साथ! कैसे ग़रूर में हैं! भवें तनी हुईं!'

मलिका ने एकाएक ग़ुलाम से पूछा, ''ग़ुलाम, यह कौन लड़की हमारे रास्ते में खड़ी है?''

ग़ुलाम–हुज़ूर सलामत, कुछ पता नहीं।

मलिका बोली, ''बेवकूफ़!'' फिर उसने ख़ुद एलिस से पूछा, ''बच्ची, तुम्हारा नाम क्या है?''

एलिस ने कहा, ''हुज़ूर पान की मलिका, मेरा नाम एलिस है।'' अपने दिल में उसने कहा, 'अरे ये सब ताश के पत्ते ही तो हैं आख़िर! इनसे डरना क्या? हाँ जी!'

मलिका–और ये औंधे मुँह कौन लोग पड़े हुए हैं?

एलिस–ये? मुझे क्या मालूम! क्या मेरा काम है-यह सब जानना?

मलिका–(तैश में आकर) यह गुस्ताख़ी हमारी शान में! नादान लड़की! ले जाओ इसको...उड़ा दो इसका सर!

एलिस ने फ़ौरन ज़ोर से और निश्चयात्मक स्वर में कहा, ''क्या वाहियात बात है!''

बादशाह–प्यारी मलिका, ज़रा ख़याल तो करो। अभी बच्ची ही तो है।

मलिका–अच्छा, बस रहने दो। ग़ुलाम, ज़रा उलटा करके देखो, कौन हैं ये लोग जो औंधे पड़े हुए हैं।

ग़ुलाम ने जाकर तीन आदमियों को जो सामने थे, उलटा कर दिया। फिर ज़ोर से कहा, ''हुज़ूर मलिका सलामत, दुग्गी, पंजा, सत्ता!''

ये तीनों मलिका के सामने हाथ बाँधकर खड़े हो गए।

मलिका ने कड़ककर पूछा, ''क्या बात है?''

तीनों हाथ उठाकर चिल्लाकर बोले–

''हुज़ूर मलका महारानी का इक़बाल रहे!

''हुज़ूर बादशाह सलामत का इक़बाल रहे!

''हुज़ूर पान के ग़ुलाम साहब बने रहें।

''हुज़ूर, मिस साहब...हुज़ूर...''

मलिका बोली, ''बस, बन्द करो बकवास। बात क्या है बताओ!''

तीनों में से एक थोड़ी-सी खुसर-पुसर के बाद बोला, ''हुज़ूर, जानबख़्शी हो! ग़लती हुई! ये गुलाब के फूल...हुज़ूर, लाल लगाने का हुक्म हुआ था, मगर...''

मलिका–अच्छा, हम समझ गए। कामचोर, हरामखोर कहीं के! ले जाओ इनको, उड़ा दो गर्दनें इनकी!...चलो, ग़ुलाम! जुलूस से कहो, आगे बढ़े।

तीनों गिड़गिड़ाकर रोने लगे, ''हुज़ूर मिस साहब, बचाइए!''

जब मलिका महारानी आगे बढ़ गईं, तो एलिस ने चुपके से उन्हें समझाते हुए कहा, ''देखो, वे सिपाही आ रहे हैं। जल्दी से इधर इन गमलों के अन्दर छिप जाओ। बस, ऊपर से ये पत्ते डाल लो।''

उन्होंने ऐसा ही किया।

सिपाही आकर उन्हें खोजने-ढूँढने लगे।

''कहाँ गए तीनों? अभी यहीं पर तो थे,'' एक बोला।

''इधर देखो इधर!'' दूसरा बोला, ''कहीं उधर न हों–गुलाब के

पौधों के पीछे।" उन्होंने ढूँढा; मगर बेकार! हारकर बोले, "कहीं नहीं हैं। अरे चलो, अब वे मिलेंगे नहीं। जुलूस बहुत दूर निकल गया है। इनका मिलना असम्भव है।" और वे चले गए।

सिपाही मलिका के पास पहुँचे तो मलिका ने चिल्लाकर पूछा, "सर उड़ा दिए उनके?"

सिपाही–हुजूर के इक़बाल से तीनों उड़ गए।

मलिका–अच्छा, अच्छा!

मलिका ने एलिस को पास खड़े देखा तो उससे बोली, "एलिस, तुम भी यहाँ मैदान तक आ गई! अच्छा! तुम्हें कड़ूकी खेलना आता है?"

एलिस–जी, जरूर आता है।

मलिका–बहुत ठीक! आओ हमारे साथ। फिर उसने चिल्लाकर हुक्म दिया, "आओ सब लोग इस कड़ूकी के मैदान में, और अपने-अपने सारस के बल्ले और बिज्जुओं के गेंद ले लो! और ये सिपाही हर एक के लिए गोल बन जाएँ–फ़ौरन से पेश्तर!"

मैदान में खेल शुरू हो गया।

एक ने ख़ुशी से चिल्लाकर कहा, "वह गया मेरा बिज्जू गोल के पार!" दूसरा खीझकर बोला, "यह सारस का बच्चा फिर टेढ़ा हो गया।"

एक पूछ रहा था, "कहाँ है–तुम्हारा बॉल कहाँ है?" दूसरा जवाब दे रहा था, "इस ऊबड़-खाबड़ मैदान में कुछ पता नहीं चलता, किधर रेंग गया।"

कोई कह रहा था, "नवाब साहब की पाली नहीं थी, मेरी थी।"

"नहीं, मेरी थी रानी साहिबा!"

एक ने झल्लाकर कहा, "कहाँ गए ये सिपाही, गोल बनकर अपनी जगह पर खड़े नहीं रहते!"

मलिका ने फ़ौरन हुक्म लगाया, "उड़ा दो उनका सर!"

उधर एक खिलाड़ी दूसरे से कह रहा था, "यह बिज्जू बॉल मेरा नहीं है। वह भागा जा रहा है तुम्हारा सारस-बल्ला! पकड़ो-पकड़ो!"

मलिका कहीं फिर चिल्लाई, "उड़ा दो सर उनका!"

एलिस को यह खेल बड़ा मुश्किल मालूम हुआ। बॉल, बल्ला,

गोल के घेरे, सभी तो ज़िन्दा ठहरे। और फिर उसका सारस न जाने क्यों बार-बार गर्दन टेढ़ी कर लेता और चोंच उठाकर उसका मुँह देखने लगता। और इस सब घपले में यह भी पता नहीं चलता था कि किसकी पाली है। इस पर भी तो दसियों की गर्दन उड़ाने का हुक्म हो चुका था।

एकाएक चौंककर एलिस ने कहा, "ओह, यह मेरे सामने हवा में किसके दाँत-से झलक रहे हैं! हो न हो, चेशायर पूस है जो बहुत धीरे-धीरे प्रकट हो रहा है!"

चेशायर पूस—कहो, कैसा खेल चल रहा है, एलिस बीबी?

एलिस ने सोचा कि ज़रा उसकी दोनों आँखें साफ़-साफ़ दिखाई देने लगें, या कम-से-कम एक कान तो नज़र आ जाए, तब जवाब दूँ। आख़िर सुनेगा कैसे? जब शक्ल कुछ-कुछ पूरी हो गई, तो वह बोली, "भई पूस, बहुत मुसीबत है! क्या नियम हैं, क्या कायदे हैं, कुछ पता नहीं चलता। सब चीज़ें ज़िन्दा हैं—बॉल, बल्ला, गोल—सब। और वे अपना-अपना रस्ता लेती हैं, और हम टापते रह जाते हैं। अभी मैंने मलिका के बिज्जू-बॉल को अपने बिज्जू से मारकर हराया होता। मगर वह मेरे बिज्जू को देखते ही उलटे पाँव भागा। अब बताओ!"

चेशायर पूस—तुम्हें मलिका कैसी लगती हैं?

एलिस—बहुत ख़राब! वह इतनी गरम मिज़ाज हैं...

चेशायर पूस ने बीच में ही टोककर धीरे से कहा, "श्श्श! मलिका बिलकुल तुम्हारे पीछे ही आ रही हैं।"

एलिस ने झट बात का रुख़ बदलकर कहा, "हाँ, इतनी तेज़ हैं, कि उन्हें कोई नहीं हरा सकता। आख़ीर में वहीं जीतेंगी!"

मलिका, "अच्छा, अच्छा! मैं सब सुन रही हूँ!" फिर पुकारती हुई दूर निकल गईं, "मेरे गोलवाले सिपाही किधर गए? जो एक मिनट में हाज़िर नहीं होते बस, उड़ा दो उनका सर!"

एलिस ने अपनी बाईं तरफ़ मुड़कर देखा तो बादशाह भी पास ही खड़े थे।

बादशाह–एलिस!

एलिस–जी बादशाह सलामत!

बादशाह–यह कौन है? तुम किससे बातें कर रही हो?

एलिस–जी, बादशाह सलामत, यह मेरा दोस्त, चेशायर पूस है। आप इससे मिलकर ख़ुश होंगे। चाहें तो...

बादशाह–नहीं, नहीं, हमें पसन्द नहीं इसकी सूरत। हाँ, यह चाहे तो हमारे पवित्र हाथ को झुककर चूम सकता है।

चेशायर पूस–मैं तो कभी न झुककर इसका हाथ चूमूँ।

बादशाह–एँ। इतना गुस्ताख़! हमें इसकी शक्ल तक देखना गवारा नहीं। कैसी आँखें निकालकर देख रहा है हमारी तरफ़!

एलिस–मगर मैंने तो कहीं पढ़ा है कि बिल्लियाँ बादशाहों से आँखें मिला सकती हैं।

बादशाह बोला, "यह सब हम नहीं जानते। इसको यहाँ से हटाना होगा।" फिर उसने मलिका को पुकारा, "मलिका! प्यारी मलिका! ज़रा इस बिल्ले को यहाँ से हटाने का इन्तज़ाम करो! प्यारी मलिका!

मलिका ने दूर से कहा, "हम अभी आते हैं।" फिर नज़दीक आकर चिल्लाईं, "कोई है? उड़ा दो इसका सर!"

बादशाह–अजी मैं ख़ुद जाता हूँ शाही जल्लाद को बुलाने!

मलिका ने बहुत तेज़ आवाज़ में कहा, "कहाँ गए हैं सब लोग खेल छोड़-छोड़कर? सबके सर उड़ाए जाएँगे!" जैसे एक भगदड़-सी मच गई। कुछ लोग दौड़े हुए आए! "ग़ुलाम किधर गया?" मलिका चिल्लाईं।

ग़ुलाम–हुज़ूर मलिका महारानी. ग़ुलाम यह हाज़िर है।

मलिका–कहाँ गए सब-के-सब?

गुलाम–हुज़ूर, पाँच आदमियों को छोड़कर सब कैद हो गए हैं। सबके सर उड़ेंगे?

मलिका–जल्लाद! कहाँ है जल्लाद?

जल्लाद–हुज़ूर मलिका महारानी का इक़बाल है। जल्लाद हाज़िर।

बादशाह–जल्लाद, यह ऊपर चेशायर पूस का मुँह देख रहे हो?

कैसा दाँत निकाले हँस रहा है!

मलिका–देख क्या रहे हो; फ़ौरन उड़ा दो सर।

जल्लाद–हुज़ूर, बंदा हुकुम की तामील के लिए हाज़िर है। मगर, हुज़ूर, उसका धड़ नज़र नहीं आता। सर को कहाँ से उड़ाया जाए?

बादशाह–बेवकूफ़। जब सर सामने मौजूद है, तब उसको उड़ाने में देर किस बात की!

मलिका–अगर फ़ौरन से पेश्तर और पेश्तर से पहले इस चेशायर पूस का सर नहीं उड़ाया जाता, तो याद रखो, सबके सर अभी उड़ाए जाएँगे।

यह सुनते ही जो लोग मौजूद थे, उनमें खलबली-सी मच गई।

कोई कह रहा था, "हाय, हाय, अब तो हमारी भी जान गई!"

किसी ने राय दी कि "कुछ-न-कुछ इन्तज़ाम अब जल्दी होना चाहिए!"

एक ने कहा, "इस जल्लाद को क्या हो गया है! इसकी समझ में ही नहीं आता।"

कई लोग बोले, "हाय, हाय, अब हम भी मारे गए!"

एलिस ने आगे बढ़कर कहा, "देखिए, हुज़ूर मलिका, यह पूस तो बेगम का है न? क्यों न उनसे भी सलाह ले ली जाए इस मामले में!"

मलिका–हाँ, हाँ, हाँ। बेगम हमारी कैद में हैं। ग़ुलाम, जाओ! फ़ौरन उनको कैद से रिहा करके अपने साथ लाओ!

यहाँ यही सब तदबीरें हो रही थीं, उधर चेशायर पूस धीरे-धीरे हवा में गायब होने लगा।

एलिस ने मन-ही-मन ख़ुश होकर कहा, 'लो, अब उड़ाओ सर! वह धीरे-धीरे गायब भी हो रहा है। कान तो हवा हो गए। आँखों की चमक भी मिट-सी गई। लो, अब बस खुले हुए दाँतों की हँसी-सी हवा में रह गई हैं। अरे, लो, वह भी जा रही है! लो, वह गई...गई!'

बादशाह चिल्लाया, "पकड़ो, पकड़ो, पकड़ो उसको!"

जल्लाद–कहाँ गया मरदूद का चेहरा! देखो, भीड़ के उधर न हो!

मलिका–उधर कहाँ। पेड़ों में होगा। सिपाहियो, दौड़ो, ढूँढो! नहीं तो, किसी की ख़ैर नहीं।

एलिस मुँह फेरकर हँसने लगी। आप-ही-आप धीरे से बोली, 'क्या ख़ूब मज़ा आया। चेशायर पूस मेरा दोस्त है। उसको कोई नहीं मार सकता। कैसे मज़े से हँसता हुआ वह सबकी आँखों के सामने से ग़ायब हो गया!'

इतने में बेगम भी आ गई, पान के ग़ुलाम की हिरासत में।

बेगम ने दूर से ही झुककर कहा, "हुज़ूर मलिका महारानी, सलामत! आज का खेल का दिन मुबारक हो!"

मलिका–बेगम!...अब फिर तुमको सज़ा दी जाती है। फिर तुमने...अब फिर देरी की। अब तुम आई हो जब तुम्हारा जंगली पूस गायब भी हो गया! फ़ौरन से पेश्तर और पेश्तर से पहले अगर तुम्हारा चेशायर पूस हमारे दरबार में हाज़िर नहीं किया जाता, तो याद रखो, बेगम, तुम दोनों के सर एक साथ उड़ा दिए जाएँगे!

बेगम–जो हुक्म मलिका महारानी का!

मलिका–जाओ, अब हम आज का खेल खत्म करते हैं।

बादशाह–ग़ुलाम, अगर मूस मिल जाता है, तो हम सबकी जान बख़्शी करते हैं।

एलिस के मुँह से आप-ही-आप धीरे से निकल गया, 'बादशाह बहुत अच्छे हैं।'

मलिका ने कहीं सुन लिया। बोली, "एलिस, हम भी बहुत रहमदिल हैं।...आज हम तुमको एक महाकच्छ दिखाएँगे।"

एलिस को नहीं मालूम था, वह इतनी पास खड़ी होंगी। उसने पूछा, "यह कौन-सा जानवर है?"

मलिका ने कहा, "यह एक बहुत ही बना हुआ बड़ा भारी कछुआ है।...वह दूर पर देखो..." उसने एक तरफ़ इशारा करके बताया, "वह उधर देखो, कौन पड़ा हुआ है?"

एलिस–वह जो धूप में सो रहा है? बड़े-बड़े पंख हैं और बड़ी-सी चोंच, मगर पीछे शेर का-सा धड़ है!

मलिका–हाँ, वही। वह है ग्रिफ़िन।

एलिस–ग्रिफ़िन? मैं तो समझती थी कि यह कहानी की किताबों में ही पाया जाता है। मगर यहाँ तो सचमुच का मौजूद है।

एलिस को उसे देखने की बड़ी उत्सुकता हुई। दोनों बातें करती हुईं थोड़ी देर में उसके पास पहुँच गईं। तब मलिका ने कहा, "लो अब इससे बात करो।" ग्रिफ़िन से बोली, "उठ अहदी कहीं के! पर झाड़ अपने! ज़रा आँख खोलके देख, कौन खड़ा है तेरे सामने!"

ग्रिफ़िन–हुज़ूर पान की मलिका...और...

मलिका–यह एलिस; हमारी मेहमान हैं। जाओ और बने हुए

महाकच्छ से इनकी मुलाक़ात कराओ! ये उनकी पूरी कहानी सुनेंगी, और उसका नाच भी देखना चाहती हैं।

ग्रिफ़िन–जो हुक्म, मलिका सलामत!

मलिका–अच्छा एलिस, मुझको अभी जाकर कुछ बड़े कैदियों को सज़ाएँ देनी हैं। अब हम तुमसे दरबार में मिलेंगे।

एलिस–बहुत धन्यवाद!

जब मलिका चली गईं, तो ग्रिफ़िन ने आहिस्ता से कहा, ''यह भी क्या मज़ाक़ है?''

एलिस–मज़ाक़ क्या!

ग्रिफ़िन ने 'किर्रर' की-सी आवाज़ की, फिर हँसा और बोला, ''मज़ाक़? यही, पान की मलिका ख़ुद। कौन किसकी गर्दन मारता है यहाँ! यह सब उसके मन का भ्रम है। अब आओ, चलें।''

कुछ दूर चलने पर एलिस को ऐसा मालूम हुआ, जैसे हवाएँ रो रही हों, और कोई बड़ी ज़ोर-ज़ोर से आहें भर रहा हो।

ग्रिफ़िन ने एलिस को बताया, ''यह उसी बने हुए महाकच्छ की आवाज़ है!''

एलिस–कोई बड़ा भारी दुख होगा उसे। क्या दुख है आख़िर उसे?

ग्रिफ़िन–दुख-वुख कुछ नहीं, सब उसका भ्रम है। चली आओ मेरे साथ-साथ।

अब एलिस को ये आवाज़ें ऐसी मालूम होने लगीं जैसे लहरें उठती-गिरती हों और हवाएँ सिसकियाँ-सी भरती हों। कोई समुन्दर ही धीरे-धीरे कराह रहा हो!

एलिस ने दूर से देखकर पूछा, ''क्या वही है जो उस चट्टान पर झुका हुआ गुम-सुम बैठा है?''

ग्रिफ़िन–हाँ, वही है वह, बना हुआ महाकच्छ! देखो न आँसू की

लड़ियाँ! और गहरी-गहरी साँसें! मगर यह सब उसका भ्रम है। उसे असल में कोई दुख नहीं।

उसने बने हुए महाकच्छ के पास जाकर ज़ोर से कहा, ''सुनिए महाराज, यह लड़की आपका इतिहास सुनने बड़ी दूर से आई है!''

बना हुआ महाकच्छ एक गहरी साँस छोड़कर बोला, ''अच्छा, अच्छा; मैं अभी सुनाता हूँ। तुम लोग ज़रा शान्ति से बैठ जाओ।'' एक गहरी साँस लेकर वह फिर मौन हो गया।

थोड़ी देर बाद, ऊबकर एलिस ने आप-ही-आप कहा, 'कब तक शान्ति से बैठे रहेंगे?'

बने हुए महाकच्छ ने एक बहुत गहरी साँस ली, और बोला, ''ओह, बहुत दिन की बात है, जब मैं असली कछुआ था। आह!''

इतना कहकर वह फिर चुप हो गया। ग्रिफ़िन ने दो-तीन बार 'किर्रर की आवाज़ की। एलिस ने धीरे-से ग्रिफ़िन से पूछा, ''इतिहास पूरा हो गया क्या?''

एकाएक महाकच्छ बोल उठा, ''जब हम बच्चे थे, तो समुन्दर के अन्दर हम स्कूल जाया करते थे।...आह! अपने मास्टर को हम लोग 'कच्छपजी' कहते थे।''

एलिस—क्यों? मास्टरजी को कच्छपजी क्यों कहते थे?

बना हुआ महाकच्छ—वह थे हमारे शिक्षक, इसलिए। बहुत कम अक़ल है यह लड़की।

ग्रिफ़िन—एलिस, ऐसे बुद्धूपने के सवाल पूछते तुम्हें शर्म नहीं आती?...कहे जाओ, महाराज, कहे जाओ। सारा दिन मत लगाओ ज़रा-सी बात में।

बना हुआ महाकच्छ—हाँ, तो हम समुन्दर में स्कूल जाया करते थे। तुम्हें शायद विश्वास न होगा।

एलिस—मैंने तो नहीं कहा, कि न होगा।

बना हुआ महाकच्छ लगभग डाँटकर ज़ोर से बोला, "कहा!"

एलिस–नहीं, मैंने नहीं कहा।

ग्रिफ़िन–बको मत। बस!

बना हुआ महाकच्छ–दुनिया में इतना अच्छा स्कूल कहीं नहीं होगा जैसा हमारा था। वहाँ हम रोज़ स्कूल जाते थे। रोज़!

एलिस–रोज़ तो मैं भी जाती हूँ स्कूल। इसमें क्या बात है?

बना हुआ महाकच्छ–और 'अतिरिक्त विषय' भी लिए हैं तुमने?

एलिस ने बड़े गर्व से उसे बताया, ''हाँ! फ्रैंच और संगीत।''

बना हुआ महाकच्छ–और धुलाई?

एलिस ने कुछ उपेक्षा से जवाब दिया, ''नहीं, धुलाई-उलाई नहीं।''

बना हुआ महाकच्छ–तब तुम्हारा स्कूल बिलकुल अच्छा नहीं। हमारे स्कूल में तो फ्रैंच, संगीत...और साथ-साथ धुलाई भी सिखाई जाती थी। ये हमारे 'अतिरिक्त विषय' थे। हाँ!

और यह कहकर महाकच्छ ने विजय और इत्मीनान की गहरी साँस ली।

एलिस–धुलाई सीखने की ज़रूरत भी क्या पड़ती होगी। समुन्दर के अन्दर तो रहते ही थे।

बना हुआ महाकच्छ–आह, ये सब सीखना बड़ा महँगा पड़ता था। मेरी तो बिसात के ऊपर था। इसीलिए, असल में साधारण विषय ही मैंने लिए थे।

एलिस–वो क्या-क्या थे?

बना हुआ महाकच्छ–'पौढ़ना' और 'लेटना' तो थे ही। साथ में तरह-तरह का गणित–जैसे, जड़ना, घुटाना, गोड़ देना और बाघ देना।

एलिस–गोड़ देना मैंने नहीं सुना।

ग्रिफ़िन ने आश्चर्य से एलिस की ओर गर्दन घुमाकर देखा और बोला, ''आँय! गोड़ देना तुमने कभी नहीं सुना?...किर्रर!...'हाथ' जानती हो 'हाथ'?''

एलिस–हाँ, हाँ, अब जैसे ये मेरे हाथ हैं।

ग्रिफ़िन–तब 'गोड़' नहीं मालूम? जैसे हाथ से घरौंदा बनाया, और पाँव से उसे गोड़ दिया! उफ़्, कैसी बुद्धू लड़की है! किर्रर!

एलिस–अच्छा, अच्छा। फिर और क्या-क्या सीखते थे आप वहाँ?

बना हुआ महाकच्छ बोला, "और हम सीखते थे 'उपहास' प्राचीन और आधुनिक। 'समुदरोल' और 'उरांग'। हमारा उरांग-मास्टर था एक सर्पा-मच्छ, गिजबिज, लम्बा-सा। वही सिखाता था हमें आँख और नाक ईंचना और तरह-तरह से अंग करना। कभी गोल, कभी चौकोर, कभी तिकोना, कभी काला, कभी पीला।"

एलिस–करके दिखाइए तो ज़रा–कैसे यह सब करते थे।

बना हुआ महाकच्छ–अब तो मेरा जिस्म बहुत कड़ा हो गया है, बहुत ही कड़ा। और ग्रिफ़िन को यह विद्या कभी आई नहीं। नहीं तो ये ही तुम्हें अभी दिखा देता।

ग्रिफ़िन–मेरे पास समय ही नहीं रहता था। मैं तब पुरानी प्राचीन भाषाएँ सीख रहा था।...मेरा मास्टर एक बड़ा बुड्ढ़ा केकड़ा था... किर्रर्र!

बने हुए महाकच्छ ने बहुत गम्भीरता से सर हिलाते हुए कहा, "हाँ, हाँ, हाँ। वही जो 'हासिन' और 'शोकानी' भाषाएँ सिखाया करता था!"

एलिस–कितने घंटे रोज पढ़ना पड़ता था?

बना हुआ महाकच्छ–पहले दिन नौ घंटे। दूसरे दिन आठ, तीसरे दिन सात। इसी तरह से रोज़।

एलिस बोली, "कैसा अजीब था!" फिर उसे ख़याल आया कि इस तरह तो एक क्लास की पूरी पढ़ाई दस ही दिन में खत्म हो जाती थी। इसलिए उत्साह और ख़ुशी से वह कह उठी, "बस! तब ग्यारहवें दिन छुट्टी?"

बना हुआ महाकच्छ–हाँ, बस, और क्या!

एलिस–फिर बारहवें दिन?

ग्रिफ़िन–किर्रर!...बस, बहुत हुआ। अब कुछ अपने खेलकूद के बारे में बताओ। किर्रर!

बना हुआ महाकच्छ–ओह! तुम्हें तो समुन्दर के नीचे रहने का बहुत ही कम मौका मिला होगा।

एलिस–मैं कभी नहीं रही समुन्दर के अन्दर।

बना हुआ महाकच्छ–फिर तो किसी झींगे से भी तुम्हारी मुलाकात शायद ही कभी हुई हो।

एलिस ने कहा, ''झींगे का तो मैंने...'' वह आगे कहनेवाली थी कि 'अचार ख़ूब खाया है,' मगर ऐसा कहना ठीक न समझकर अपने को रोक लिया। और यही कह दिया, ''मैंने...मैंने कभी दर्शन भी नहीं किया!''

बना हुए महाकच्छ–आह, फिर तुम क्या जानो 'झींगा-कुदान' नाच का आनन्द!

एलिस–सचमुच नहीं जानती, वह कैसा नाच होता है?

ग्रिफ़िन ख़ुद बड़े उत्साह से एलिस को बताने लगा, ''किर्रर!... देखो, इसका यह ढंग है–पहले समुन्दर के किनारे एक लाइन में खड़े हो जाओ!''

महाकच्छ तुरन्त बोल उठा, ''दो लाइन में! सील-मछली, कछुए वग़ैरह की अलग लाइन। और जैसे ही रास्ते की जेली-मछलियाँ साफ़ हो जाएँ...''

ग्रिफ़िन हँसकर बीच में ही बोल उठा, ''किर्रर, उसमें ज़रा देर लगती है!''

''...तब दो क़दम आगे!'' महाकच्छ ने ड्रिलमास्टर की आवाज़ में कहा।

ग्रिफ़िन–(बड़े उत्साह से) बग़ल में एक-एक झींगा दबाए।

बना हुआ महाकच्छ–इसी तरह दो बार आगे–झींगों समेत!

ग्रिफ़िन–फिर उन्हें दूसरी बग़ल में करके, पीछे लौटो!

बना हुआ महाकच्छ–और फिर वे झींगे...।

ग्रिफ़िन–(उत्साह से चीख़कर) फेंक दो!

बना हुआ महाकच्छ–दू़ऽर समुन्दर में–जितनी दूर हो सके!

ग्रिफ़िन–(बहुत ख़ुश होकर) और तैर जाओ उनके पीछे!

बना हुआ महाकच्छ–क़लाबाजी खाते हुए!

ग्रिफ़िन–अब झींगे दूसरी बग़ल में कर लो!

बना हुआ महाकच्छ बोला, "और फिर वापस जहाँ से चले थे!" क़वायद के ढंग से यह सब बताकर वह कुछ थक गया था। फिर बोला, "यह नाच का पहला चक्कर हुआ। आह, समझ गईं?"

एलिस–हाँ। यह तो बड़ा अच्छा नाच होगा।

बना हुआ महाकच्छ–थोड़ा-सा अभी देखना चाहोगी?

एलिस–हाँ, हाँ, बड़े शौक़ से!

बना हुआ महाकच्छ–बस, एक ही चक्कर नाचेंगे पहले। झींगों की क्या ज़रूरत है यहाँ, क्यों ग्रिफ़िन?...मगर साथ में गाएगा कौन, तुम या मैं?

ग्रिफ़िन–अरे, तुम्हीं गाओ। मुझे तो बोल भी याद नहीं रहे।

बने हुए महाकच्छ ने धीरे-धीरे गाना शुरू किया। ग्रिफ़िन और एलिस उसकी ताल पर क़दम उठाकर नाचने लगे।

(झींगा-कुदान का गीत)

बड़ी सफ़ेदा मछली बोली, प्यारे घोंघा आओ!
पीछे-पीछे नाकू आता, जल्दी क़दम बढ़ाओ!

नन्हे-मुन्हे कछुए देखो, संग तैरते जाते।
सारे झींगे देख रहे हैं, हम दोनों को आते।

आओ, आओ, चले भी आओ, चले भी आओ साथ।
मत घबराओ, चले भी आओ, चले भी आओ साथ!

लहरें हमको दूर उछालें, आगे ही ले जाएँ।
लहरों में आनन्द बड़ा है, आओ नाचें गाएँ!

घोंघा बोला–दूर बहुत है, सागर पार किनारा।
और सबों को जाने दो, मैंने तो यही विचारा!

मेरा दिल तो धुक-धुक करता, दूर पड़ेगा जाना–
नहीं जाऊँगा, नहीं जाऊँगा, नहीं जाऊँगा साथ!

जैसा अपना देस है घोंघे, वैसा देस विराना।
छूटी जब इंग्लैंड की मिट्टी, मिली फ़्रांस की रेती।

नई हवाएँ सागर के उस पार, लहरियाँ लेतीं।
प्यारे घोंघे चले भी आओ, चले भी आओ साथ!

मत घबराओ, मेरे घोंघे, चले भी आओ साथ!

नाच ख़त्म होते ही एलिस ने कहा, "यह तो बड़ा अच्छा नाच रहा। और सफ़ेदा मछली का गीत तो मुझे बहुत ही अच्छा लगा। कैसा अनोखा-सा गीत है!"

बना हुआ महाकच्छ–सफ़ेदा मछली तो तुमने ज़रूर देखी होगी!

"हाँ, खाने म्..." इतना कहते ही एलिस ने एकदम ज़बान रोक ली। इससे सिर्फ़ 'खाने म्' सुनाई पड़ा, 'खाने में' नहीं।

बना हुआ महाकच्छ–'खाने म्' तो मालूम नहीं किस शहर का नाम है। होगा किसी शहर का! मगर 'सफ़ेदा' नाम क्यों पड़ा, मालूम है?

एलिस–यह तो मैंने कभी सोचा नहीं।

ग्रिफ़िन–किर्रर्र! मैं बताता हूँ। इसलिए पड़ा कि इससे खेलने के जूतों पर सफ़ेदी की जाती है।

"आयँ! सफ़ेदा मछली से?" एलिस ने ताज्जुब से पूछा।

ग्रिफ़िन–हाँ, और क्या। समुन्दर के नीचे सब जूतों पर इसी से

सफ़ेदी होती है। किर्रर!

एलिस–अच्छा। अगर मैं सफ़ेदा मछली होती न, तो नाकू से कहती, कि मेहरबानी करके मेरे पीछे-पीछे मत आइए।

बना हुआ महाकच्छ–नहीं, वह तो ज़रूरी है! जो भी असली अकलमन्द मछली होगी, वह उसके साथ-साथ चलेगी। उसके बिना काम ही नहीं चल सकता।

एलिस–आँय!...नाकू के बिना? वह कैसे?

इस सवाल पर ग्रिफ़िन ने एलिस की तरफ़ ऐसे देखा, जैसे कि वह बहुत ही बुद्धू हो। फिर तीखे स्वर में बोला, "इतना भी नहीं जानती? सुना नहीं, जब कोई बाहर जाता है तो उसे कहते हैं–नाकू की सीध में जाओ!"

एलिस–आपका मतलब 'नाक' से है?

ग्रिफ़िन–जो मेरा मतलब है वही मैं कहता हूँ। किर्रर!

बना हुआ महाकच्छ–ये तुम्हारी समझ से बहुत दूर की बातें हैं। छोड़ो इनको! अब तुम अपनी कहानी सुनाओ।

एलिस बोली, "अरे मेरी मत सुनो। मुझको और मेरे दिमाग़ को आज न जाने क्या हो गया है! कभी मैं बहोऽत बड़ी हो जाती हूँ, कभी बहोऽत छोटी...बहोऽत ही छोटी, और कभी, जाती हूँ कहीं तो पहुँच जाती हूँ कहीं। और कभी कहना चाहती हूँ कुछ तो निकलता है मुँह से कुछ। सब याद किए हुए पाठ, कविताएँ, हिसाब उलटे-पुलटे हो गए हैं। अब जैसे वह अच्छी-भली कविता है न, 'दादा विलियम', वह मेरे दिमाग में पूरी-की-पूरी बदल गई है।"

ग्रिफ़िन–उँह! सब तुम्हारा भ्रम है। ऐसा कुछ नहीं हुआ।

एलिस–नहीं, सच!

बना हुआ महाकच्छ–कुछ सुनाओ तो, देखें।

ग्रिफ़िन–अच्छा, वह सुनाओ तो ज़रा–'लड़का बोली बोल रहा,

सुन लो कोयल की तान!'

एलिस को परेशानी महसूस हो रही थी। वह आप-ही-आप बुड़बुड़ाने लगी, 'मेरा तो सिर चकरा रहा है। कान में झींगे-ही-झींगे बोल रहे हैं। यहाँ भी जैसे क्लास में आ गई।'

बना हुआ महाकच्छ—याद नहीं क्या? जल्दी सुनाओ, जल्दी! एकदम!

एलिस ने झटपट सुनाना शुरू कर दिया—

झींगा बोल रहा हैः सुन लो झींगे की झनताल—
छुन्न-छुन्न जलते हैं मेरे खड़े नाक के बाल!
बत्तख जैसे चोंच से,
यह अपनी फ़र्शी नाक से
चौड़े करता है बूटों के पंजे बड़े तपाक से!
मगन लार्क है,
मस्त शार्क है,
गाता बाउर झींगा,
सागर की सूखी रेती में
फूँक रहा है सींगा!
लेकिन जब लहरें उठती हैं,
दाँत दिखाती शार्कें;
झींगे की आवाज़ काँपती—
रोती चीख़ें मार के!

ग्रिफ़िन और बना हुआ महाकच्छ दोनों ही बोले, "उहुँक्, उहुँक्, उहुँक्! बिलकुल नहीं!"

ग्रिफ़िन—यह वह कविता थोड़े ही है!

बना हुआ महाकच्छ—नहीं, यह वह कविता नहीं है। ना! इस कविता का तो कोई अर्थ ही नहीं है। भला वह नाक से बूँटों के पंजे

कैसे चौड़ा करेगा?

ग्रिफ़िन–नहीं, नहीं, नहीं। इसका कोई अर्थ नहीं। किर्रर! अच्छा वह सुनाओ...वह तो याद होगी, 'जाती थी मैं नदी किनारे'?

एलिस ने घबराए हुए से स्वर में सुनाना शुरू किया–

जाती थी मैं नदी किनारे एक आँख मीचे-मीचे,
देखा–एक गुलदार औ' उल्लू गोश्त उड़ाते हैं नीचे।
माल-मसाला, हड्डी-पड्डी चाट गया गुलदार सभी;

उल्लू के पंजे में खाली बड़ी रकाबी रही पड़ी।
दावत ख़तम हुई तो बोला उल्लू से गुलदार;
चम्मच भी ले चले जेब में डाल! बहुत हुशियार!
काँटा-छुरी मेरे हैं अब, मैं उनका हक़दार!
दावत ख़तम—माल हज़म। जाओ अब घर जाओ!

बना हुआ महाकच्छ—बस, बस, बस! क्या फ़ायदा सब ऊटपटाँग! किताब के पाठ में ऐसा कुछ नहीं है।

ग्रिफ़िन—अब इससे मत पूछो, बेचारी से। हाँ, बस, अब वही झींगा-कुदानवाला नाच पूरा हो जाए, क्यों मिस एलिस, या कोई और गीत सुनोगी?

एलिस—कोई गीत!

ग्रिफ़िन—यही तुम्हारी पसन्द है, तो फिर कच्छू भाई, इसे सुना दो वही 'कछुए का सूप' वाला गीत। किर्ररर!

बने हुए महाकच्छ ने एक गहरी साँस छोड़कर कहा, ''सुनो!

बड़े मज़े का सूप हरा—
बड़े मज़े का सूप।

हरा-हरा
गरमा-गरम
भरा धरा
बड़े मज़े का सूप ॥ 1 ॥

बढ़िया खाने-पीनेवालो,
इसमें अपने चम्मच डालो।
शाम सुनहरी,
पीली गहरी,
भरी शाम का सूप धरा।
हरा-हरा

गरमा-गरम
भरा धरा
बड़े मज़े का सूप ॥ 2 ॥
इसके आगे मच्छी क्या है!
चाट् अच्छी-से-अच्छी क्या है!
दो पैसे का
बड़े मज़े का
भरा सकोरा, सूप धरा।
हरा-हरा
गरमा-गरम
भरा धरा
बड़े मज़े का सूप।
बड़े मज़े का सूप ॥ 3 ॥"

ग्रिफ़िन ने झूमकर कहा, "वाह! वाह! वाह! किर्रर!"

इसी बीच एक हल्ला-सा कहीं दूर पर सुनाई दिया। कोई पुकार-पुकारकर ऐलान कर रहा था, "मुकदमा शुरू हो गया!"

ग्रिफ़िन ने एकदम एलिस का हाथ पकड़ा और कहा, "बस, एलिस, अब छोड़ो इस गीत को। चलो, चलकर मुकदमे का दृश्य देखें। वहाँ बड़े-बड़े गुल खिलनेवाले हैं।"

6

अदालत के सामने एलिस ने बड़ी भीड़ देखी। भाँति-भाँति के पंछी-पखेरू और छोटे-मोटे पशु-जीव सब अपने-अपने ढंग से मुकदमे में अपनी दिलचस्पी प्रकट कर रहे थे। एलिस ने लारी तोते, बत्तख़, मेढक, कबूतर आदि के बीच में मार्ची ख़रगोश और हैटवाले को दूर से ही पहचान लिया। यहाँ भी उनके हाथ में चाय के प्याले थे। मगर उसने देखा कि उनके मुँह पर हवाइयाँ उड़ रही थीं।

एक कह रहा था, "बड़ा संगीन मुकदमा है।"

दूसरे ने बताया, "सब माल बरामद हुआ है।"

तीसरे ने कहा, "चोर हिरासत में है।"

किसी ने पूछा, "कौन पकड़ा गया है? पान का ग़ुलाम?"

तुरन्त किसी ने कहा, "बड़ा नमकहराम निकला!"

इनमें बहुत से गवाह भी थे, और सब घबराए हुए थे। कह रहे थे, "देखो क्या होता है!"

एक गवाह बड़ा उत्तेजित था। वह औरों से बोला, "मैं तो कह दूँगा, हुज़ूर, मुझे कुछ पता..."

कि इतने में सिपाही ने ज़ोर से डंडा हिलाकर डाँटा, "शोर न

मचाओ! यह अदालत है! मुकदमा शुरू होनेवाला है!"

गवाहों और तमाशबीनों का शोर कुछ दब गया।

एलिस ग्रिफ़िन के साथ इतनी तेज़ चाल से आई थी कि अभी तक हाँफ रही थी।

ग्रिफ़िन बोला, "किर्रर्र! देखो कैसी जल्दी आ पहुँचे हम लोग! अभी तो बहुत वक्त है।"

एलिस–कैसी भीड़ है!

ग्रिफ़िन–किर्रर्र! सारे पंछी-पखेरू और जंगल-तालाब के जानवर अपनी पंचायत यहाँ ले आए हैं। आओ अन्दर चलें।

एलिस ने अन्दर आकर देखा कि यहाँ सब बहुत धीरे-धीरे बातें कर रहे हैं। कोई ज़ोर से बात नहीं कर सकता। ये लोग भी फुसफुसाकर बातें करने लगे।

"अरे ग्रिफ़िन!" एलिस ने कहा, "ये सारे सिपाही, अर्दली और कचहरी के सारे अमला कैसे रोब में हैं। देखो, ज़रा इनकी वर्दियाँ तो देखो! लगता है जैसे बस, ताश के पत्तों की ही हुकूमत हो गई है!

ग्रिफ़िन–एलिस, वह देखो पान का ग़ुलाम! हथकड़ी-बेड़ी पड़ी हुई हैं!

"कैसा उदास है!" एलिस ने कहा, "और ग्रिफ़िन, वह पान का बादशाह ही तो जज बना हुआ है? उसके ताज के नीचे 'विग' कैसी अजीब लग रही है!"

"और पान की मलिका को नहीं देखा?" ग्रिफ़िन ने कहा। "कैसी जली-भुनी बैठी है! अंगारा हो रही है इस वक्त! किर्रर्र!"

एलिस ने कहा, "जैसे सभी को फाँसी पर तो चढ़ा देगी।...और वह सफ़ेद ख़रगोश...कैसा बुज़ुर्ग बना खड़ा है। एक हाथ में सरकारी काग़ज़ हैं और दूसरी में नन्हा-सा बिगुल।"

एकाएक एलिस को लगा, कहीं कोई अच्छी चीज़ महक रही है।

बोली, "मैं भी कहूँ, देर से यह कैसी महक-सी आ रही है! वह देखो, ग्रिफ़िन!" उसने ग्रिफ़िन का पंजा हिलाकर कहा, "सिपाहियों के घेरे के बीच में मेज़ पर कितनी सारी मिठाइयाँ रखी हुई हैं!"

उसने ग्रिफ़िन से पूछा, "फ़ैसला सुनाने के बाद सबको बँटेगी क्या? कैसा अच्छा हो अगर मुक़दमे के बाद एक-एक सबको..."

"किर्रर! ज़रूर!" ग्रिफ़िन ने हँसकर कहा, "सबसे पहले तुम्हीं को दी जाएगी!"

एलिस–हट!

ग्रिफ़िन–किर्रर! और इन पंचों को देखा? बारह हैं! गिन लो चाहे!

कई छोटे-मोटे जानवर स्लेटें रखे, उन पर स्लेट की पेंसिलें चला रहे थे। एलिस को बड़ा ताज्जुब हुआ। बोली, "ये जो स्लेट-पेंसिल लिए बैठे हैं, ये पंच हैं? कैसे भाँति-भाँति के पंच हैं! और सब कैसे गम्भीर! वह गिलहरी है; और वह रहा मेढक, सिर के ऊपर आँख निकाले! और उधर दुम खड़ी किए हुए वह बुद्धू-सी छिपकली है! और डोडो भी तो है उनमें। उसके बग़ल में मुर्ग़ा बार-बार चोंच खोल रहा है और बन्द कर रहा है। और वह तोता! मगर ये सब अभी से क्या लिखने लगे?"

ग्रिफ़िन–अपने-अपने नाम। इसलिए कि कहीं मुकदमे की बहस में भूल न जाएँ। ह-ह! किर्रर!

एलिस ज़रा ज़ोर से बोल पड़ी, "कैसे बुद्धू और मूर्ख हैं।"

सफ़ेद ख़रगोश ने ऊँची आवाज़ में चिल्लाकर कहा, "ख़ामोश! ख़ामोश! यह अदालत है!"

स्लेटों पर पेंसिलों के चलने की आवाज़ एकदम तेज़ हो गई। इनमें एक पेंसिल बहुत कर्कश-सा स्वर कर रही थी।

ग्रिफ़िन ने एलिस को समझाया, "बहुत धीरे बोलो। देखो, बादशाह ऐनक लगाकर सबको बड़े गौर से देख रहे हैं।"

एलिस की नज़र कुछ स्लेटों के ऊपर गई तो उसे बड़ा आश्चर्य हुआ। फुसफुसाकर ग्रिफ़िन से बोली, ''अरे, ये तो वही लिख रहे हैं जो मेरे मुँह से अभी-अभी निकला था! और बाज़ों को तो 'बुद्धू' का स्पेलिंग भी नहीं आता! हि हि!''

छिपकली फुसफुस करके अपने बराबरवाली से पूछ रही थी, ''कट्टो जीजी, तुमने कैसे लिखा है 'बुद्धू?''

गिलहरी ने फुसफुसाकर कहा, ''देख ऐसे : 'ब', छोटा 'उ'–'बु'। 'द' पर आधा 'ध'–उसके नीचे इस तरह से। समझी?...'बुद्धू'। हाय, तूने तो 'मूर्ख' भी ग़लत लिखा है। उसमें तो 'रेफ़' लगती है।''

छिपकली–(फुसफुसाकर) 'रेफ़' क्या?

गिलहरी–(फुसफुसाकर) 'रेफ़', 'रेफ़'–ऊपरवाला 'र', देख यूँ!

छिपकली–(फुसफुसाकर)असल में मेरी पेंसिल ही नहीं चल रही है।

छिपकली की बातें एलिस का ध्यान बार-बार अपनी ओर खींच लेती थीं। उसे कुछ चिढ़-सी लगी। उसने कहा, ''देखो मैं अभी इसकी बकबक का इलाज करती हूँ। हाँ, नहीं तो! ध्यान बार-बार उधर ही चला जाता है!''

ग्रिफ़िन ने पूछा, ''क्या करोगी?''

एलिस–बस देखते रहो।

एलिस ने मौक़ा ताककर चुपके से छिपकली की पेंसिल पीछे से खींच ली।

छिपकली चिल्लाई, ''हाय जीजी, मेरी पेंसिल! अभी मेरे हाथ में थी।'' फिर उसने नीचे झुककर देखा। ''मेज के नीचे भी नहीं। तुम्हारे नीचे तो नहीं, डोडो भाई?''

डोडो–चल हट, मेरे नीचे कहाँ से आती!

छिपकली ने सफ़ाई देते हुए बड़े दुख से कहा, ''मैं ज़रा रुककर

मिठाई के थाल की तरफ़ देखने लगी थी, जहाँ एक बर्र आकर बैठ गई थी। बस उतने में गायब।" फिर उदास होकर कहा, "ख़ैर नाख़ून से ही काम चलाना पड़ेगा", और ज़रा धीरे से कहा, "जिससे मालूम हो कि लिख रही हूँ।"

एकाएक सफ़ेद ख़रगोश ने ज़ोर से तीन बार बिगुल बजाया; फिर चिल्लाकर कहा, "ख़ामोश!"

बादशाह सफ़ेद ख़रगोश की तरफ़ मुड़कर बोले, "मीर मुंशी अब समय बहुत हो गया। फ़र्दे-जुर्म पढ़कर अदालत को सुनाओ।"

सफ़ेद ख़रगोश बोला, हुज़ूर बादशाह सलामत, यह है फ़र्दे-जुर्म!" फिर ज़रा-सा खाँसकर उसने अपने हाथवाला काग़ज़ पढ़ना शुरू किया—

"सावन की पूर्णिमा थी
बदली की छाँह में
आँगन में बैठकर
पान की मलिका ने
ख़ुद अपने हाथ से
बनाई मिठाइयाँ।
पान के ग़ुलाम ने
नमक हराम ने
पीछे घुस-पैठकर
इतराकर, ऐंठकर
बात की बात में
उड़ाईं वे मिठाइयाँ!"

बादशाह ने सुनने के बाद फ़ौरन कहा, "पंचो, अब अपना फैसला दो!"

इस पर धीरे से, समझाने के लहजे में, सफ़ेद ख़रगोश ने बादशाह से कहा, "हुज़ूर बादशाह सलामत, ज़रा अभी नहीं। अभी बहुत-सी कार्यवाही होनी है। गवाह आएँगे।"

बादशाह—अच्छा, अच्छा। तो पहला गवाह कौन है? उसको हाज़िर करो।

सफ़ेद ख़रगोश ने फिर तीन बार बिगुल बजाया, और ज़ोर से पुकारा, ''पहला गवाह हैटवाला हाज़िर है?'' एलिस ने देखा कि वह बहुत घबराया हुआ-सा, अपना वही बड़ा-सा टोप सर पर रखे आ रहा है। प्याला मगर अब भी है हाथ में, और दूसरे हाथ में आधा खाया हुआ टोस्ट भी।

ग्रिफ़िन–(फुसफुसाकर) और देखो, पीछे-पीछे मार्ची ख़रगोश भी चला आ रहा है, मोटे चूहे के साथ।

एलिस ने धीरे से कहा, ''टी-पार्टी में इसने मेरी तौहीन की थी।

अब मज़ा आएगा बच्चू को! बड़ा हैटवाला आया कहीं का!"

ग्रिफ़िन–(धीरे से) दो फुट का टोप तो सर पर हैइ है! किर्रर!

हैटवाला एक हाथ में प्याला और दूसरे में टोस्ट लिए, काँपता-लड़खड़ाता जाकर बीच में खड़ा हो गया और गिड़गिड़ाकर कहने लगा, "हुज़ूर, इसके लिए मुझे माफ़ किया जाए। हुजूर, मैंने यह प्याला अभी ख़तम भी नहीं किया था कि, हुज़ूर, एकाएक मेरी पुकार हो गई।"

बादशाह–तुम्हें चाय ख़त्म करके आना चाहिए था। चाय पीने तुम कब बैठे थे?

हैटवाला सकपकाकर मार्ची ख़रगोश की तरफ़ देखने लगा कि वह जल्दी से उसे बता दे, मगर वह ख़ुद भी धीरे-धीरे हिसाब लगा रहा था।

हैटवाला–अ...अ...अ...मेरा ख़याल है मार्च की शायद चौदह तारीख थी...चौदह!

पीछे से मार्ची ख़रगोश ज़ोर से बोल उठा, "पन्द्रह!"

मार्ची ख़रगोश के पीछे से मोटा चूहा भी अपनी औंघती आवाज़ में ज़ोर देकर बोला, "सोलह!"

बादशाह–पंचो, सब लिख लिया जाए!

एलिस ने पंचों की स्लेटों की तरफ़ देखा तो उसे बड़ा अजीब लगा। वह आहिस्ता से ग्रिफ़िन से बोली, "देखो तो, मरे वे सब तीनों तारीखें लिखकर उन्हें जोड़ रहे हैं। और देखो। कइयों ने उनके शिलिंग-पेंस भी निकालकर रख दिए।

ग्रिफ़िन ने मुस्कराकर केवल धीरे से कहा, "किर्रर!"

बादशाह ने हुक्म दिया, "यह टोप सर से उतारो!"

हैटवाला–हुज़ूर, यह मेरा नहीं है!

बादशाह ने ऊँची आवाज़ में कहा, "चोरी का है?...पंचो, लिख

लो कि इसका...''

हैटवाला गिड़गिड़ाया, ''हुज़ूर सरकार अदालत, मर जाऊँगा। यह तो मैं बेचने के लिए सर पर रखता हूँ हुज़ूर! क़ीमत उस पर लिखी हुई है। हुज़ूर, मेरा अपना कोई हैट नहीं। मैं तो हैट-टोपी बेचनेवाला हूँ, माई-बाप!''

ग्रिफ़िन ने धीरे-से किर्रर की आवाज़ की और एलिस का ध्यान मलिका की तरफ़ खींचा, ''देखो, पान की मलिका ने भी ऐनक लगा ली है और बहुत ग़ौर से हैटवाले को देखने लगी है!''

एलिस–(आहिस्ता से) तभी यह और घबरा उठा है। कैसा पीला पड़ गया एकाएक!

बादशाह–अपना बयान दो ठीक-ठीक। और घबराओ मत, नहीं तो यहीं तुम्हारी गर्दन नापी जाएगी। याद रक्खो।

यह सुनकर तो वह बेचारा और भी घबरा गया। मारे घबराहट के जूते भी ढीले हो गए। बस, मुँह बाए मलिका की ओर देखे जा रहा था। एक टाँग पर खड़ा रहना भी उसके लिए मुश्किल हो गया। अजीब हाल था उसका!

ग्रिफ़िन एलिस से बोला, ''और मलिका का चेहरा तो देखो जैसे कच्चा ही चबा जाएगी इसे।''

एलिस ने कहा, ''हाय, घबराहट के मारे बेचारे का दम सूखा जा रहा है।'' फिर बहुत आश्चर्य से बोली, ''अरे देखो तो, उसने जल्दी में टोस्ट के बजाय प्याला ही काट लिया दाँत से! चू-चू-चू!''

एकाएक एलिस को लगा, कोई उसे दबा रहा है एक तरफ़ से। झल्ला के बोली, ''अरे, यह कौन है जो पसर के अँगड़ाई ले रहा है। अच्छा, मोटे चूहे साहब हैं! सो रहे थे!''

मोटा चूहा–एलिस, यह क्या बात है? तुम तो मुझे दबाए ही चली जा रही हो!

एलिस–मैं?...मैं शायद बढ़ रही हूँगी। बढ़ रही हूँ–फैलूँगी ही। क्या करूँ मोटू!

मोटा चूहा–मुझको मोटू न कहो। तुम्हें यहाँ बढ़ने का कोई अधिकार नहीं! यह अदालत का कमरा है!

एलिस–वाह जी, वाह! क्या फ़िज़ूल की बात है! तुम बढ़ते हो कि नहीं, मोटे मूस?

मोटा चूहा–बढ़ते हैं तो ढंग से बढ़ते हैं, न कि तुम्हारी तरह मज़ाक करते हैं।...नहीं मानती हो तो लो, फैलो। मैं जाता हूँ अदालत के दूसरी तरफ़ बैठने।

ग्रिफ़िन ने धीरे से कहा, ''एलिस, उधर देखो!''

पान की मलिका–रुको, पहले ज़रा वह मिसिल तो लाओ जिसमें उन गवैयों के नाम हैं, जिन्होंने हमारे पिछले दरबार में गाना गाया था।

यह सुनते ही हैटवाला और भी बेंत की तरह थर-थर काँपने लगा।

बादशाह–काँपने और घबराने से काम नहीं चलेगा। सीधे अपना बयान दो, नहीं तो यहीं तुम्हारी गर्दन उतरी जाती है!

हैटवाला–हुज़ूर, बादशाह सलामत, माई-बाप हैं। मैं एक गरीब आदमी हूँ। मैंने अभी चाय भी शुरू नहीं की थी हुज़ूर! कोई हफ़्ता-दस दिन हुआ होगा, हुज़ूर, जब से कि मक्खन और टोस्ट भी पतला होने लगा हुज़ूर, जब से चाय की टिम-टिम...''

बादशाह–किसकी टिमटिम? ऐं?

हैटवाला–यह चाय से शुरू हुआ हुज़ूर!

बादशाह–हाँ, हाँ, 'च' से ही शुरू होता है 'चाय' का शब्द। तुम हमें इतना अपढ़-गँवार समझते हो? (डाँटकर) चलो, आगे बढ़ो!

हैटवाला–हुज़ूर, मैं गरीब आदमी हूँ।...तब से हुज़ूर, सब चीज़ें मेरे लिए टिम-टिम टिम-टिम करने लगीं। तब मार्ची ख़रगोश ने ही मुझसे

कहा था कि...

मार्ची ख़रगोश–मैंने नहीं कहा था।

हैटवाला–(ज़ोर से) कहा था!

मार्ची ख़रगोश–नहीं कहा था।...मैं इनकार करता हूँ कि कहा था।

बादशाह–वह इनकार करता है...छोड़ो उसकी बात!

हैटवाले ने कहा, "ख़ैर! हाँ, तो फिर वह मोटे चूहे ने ही..." इतना कहकर वह रुक गया। मोटे चूहे की धीरे-धीरे ख़ुर्राटे लेने की आवाज़ आ रही थी। वह आगे बोला, "मोटे चूहे ने ही कहा था।...और फिर, और फिर मैंने एक टुकड़ा और टोस्ट-मक्खन का काटा..."

बादशाह ने एकदम उसे टोककर पूछा, "रुको, रुको, रुको! मोटे चूहे ने क्या कहा था?"

हैटवाला–मुझे कुछ याद नहीं आ रहा ठीक-ठीक।

बादशाह–तुम्हें याद करना होगा, नहीं तो अभी तुम्हारा सर उड़ाते हैं।

मारे दहशत के हैटवाले के हाथ से प्याला और टोस्ट गिर पड़े।

हैटवाला गिड़गिड़ाकर बोला, "हुज़ूर सरकार अदालत, हुज़ूर माई-बाप हैं। हुज़ूर, जान बख़्शी हो। हुज़ूर, याद नहीं आता, मोटे चूहे ने क्या कहा था।" मोटा चूहा इत्मीनान से ख़ुर्राटे ले रहा था। आगे हैटवाले ने कहा, "मैं बहुत ग़रीब आदमी हूँ। हुज़ूर मेरी जान बख़्शी की जाए!"

बादशाह–तुम बहुत ग़रीब बयान देनेवाले आदमी हो!

एकाएक 'हि-हि-हि-खि-खि-खि' की आवाज़ आई। अदालत में कोई तमाशबीन पशु हँस पड़ा था। फ़ौरन कुछ सिपाहियों ने उसकी मुश्कें कसकर उसे बोरे में बन्द कर दिया और उस पर बैठ गए। वह अन्दर-ही-अन्दर कराह रहा था और सिपाही उसको ऊपर से और भी

दबाए जा रहे थे।

एलिस ने धीरे-से पूछा, ''ग्रिफ़िन, ये क्या कर रहे हैं?''

ग्रिफ़िन–(धीरे से) यह जो उस खि-खि-खि करनेवाले बिज्जू को अभी बोरे में बन्द किया गया!

एलिस–हाँ।

ग्रिफ़िन–(धीरे से) इसी को तो कहते हैं कानून के शिकंजे में कस लेना। अदालत में हँसना कानूनी जुर्म है।

एलिस–(धीरे से) हाँ, जुर्म तो हुई। मगर उस बोरे के मुँह पर तो एक सिपाही बैठ भी गया। यह क्यों?

ग्रिफ़िन–(धीरे से) इसी को 'क़ाबू' कहते हैं। तुमने अखबारों में अक्सर पढ़ा नहीं, 'और परिस्थिति पर काबू पा लिया गया?'

एलिस–(धीरे से) अच्छा, यही होता है वह! अब समझ में आया।

बादशाह ने हैटवाले से कहा, ''सुनो। अगर तुम्हें और कुछ नहीं कहना है, तो तुम बैठ जाओ।''

हैटवाला–हुज़ूर, मैं तो कब से पड़ा गिड़गिड़ा रहा हूँ, बैठने की कौन कहे हुज़ूर!

बादशाह–तब तुम उठ जाओ।

हैटवाले ने ज़ोर-ज़ोर से दुआएँ देनी शुरू कीं–''हुज़ूर का इक़बाल! हुज़ूर की परवरिश है!...'' अदालत में फिर कोई खिलखिलाकर हँस पड़ा। और पहले की ही तरह उस हँसनेवाले को भी बोरे में कराहते हुए बन्द कर दिया गया और उस पर एक सिपाही हुमसकर बैठ गया।

एलिस ने एक इत्मीनान की साँस ली। बोली, ''चलो, अब ज़रा कुछ देर तो शान्ति रहेगी।''

हैटवाला अब तक कुछ सुस्थिर हो चुका था। धीरे से बोला, ''अब ज़रा इत्मीनान से एक घूँट चाय का पी लूँ। परमात्मा करे, मलिका

को गवैयों की मिसिल में मेरा नाम न मिले!''

बादशाह ने हाथ उठाकर हुक्म दिया, ''हैटवाले, अब तुम जा सकते हो!''

जान बची और लाखों पाए! हैटवाला बादशाह को दुआएँ देता अदालत के कमरे से तीर की तरह एकदम बाहर भागा।

साथ-ही-साथ मलिका ने भी हुक्म लगाया, ''मगर अदालत के बाहर होते ही सर उड़ा दो उसका!''

सिपाही उसे पकड़ने के लिए दौड़े!

एलिस ने हँसते हुए धीरे से कहा, ''कैसा तीर की तरह गया है! अब एक-दो मील से इधर तो इनके हाथ नहीं आ सकता। जूते भी तो यहीं छोड़ गया है!''

ग्रिफ़िन–(धीरे से) मगर चाय का प्याला भागते दम भी हाथ में था।

बादशाह ने हुक्म दिया, "दूसरे गवाह को हाज़िर करो!"

सफ़ेद ख़रगोश ने फिर तीन बार बिगुल बजाकर पुकारा, "दूसरा गवाह, मुसम्मात बावर्चिन हाज़िर हो?"

बावर्चिन भीड़ में से निकलकर आगे आई। उसके हाथ में मिर्चों का डब्बा था। उसके आते ही मिर्चों की ऐसी धसक फैली कि एकाएक कई पशु-पक्षी छींकने लगे।

एलिस ने छींककर ग्रिफ़िन से धीरे से पूछा, "मिर्चों का डब्बा क्या इस मुक़दमे के लिए ज़रूरी है?"

ग्रिफ़िन–(धीरे से) किर्रर्र! इसके बिना वह ज़िन्दा नहीं रह सकती।

बादशाह ने हुक्म दिया, "बयान दो अपना!"

बावर्चिन–हुज़ूर, मुझे कुछ नहीं कहना!

बादशाह ने सफ़ेद ख़रगोश से धीरे से पूछा, "मीर मुंशी, अब क्या करें?"

सफ़ेद ख़रगोश–हुज़ूर, बादशाह सलामत, इससे अब जिरह करें!

बादशाह–ओह, अच्छा! हाँ, तो...बताओ, मिठाइयाँ किस चीज़ से बनती हैं?

बावर्चिन–हुज़ूर, खास चीज़ उनमें मिर्चें होती हैं।

मोटा चूहा जैसे एकाएक सोते से चौंक उठा हो। वह अपनी भारी-सी, कुछ ऊँची, अलसाई आवाज़ में बोल उठा, "नहीं, शीरा!"

मलिका ने गुस्से से चिल्लाकर हुक्म दिया, "मैं कहती हूँ फ़ौरन पकड़ लो इस मोटे चूहे को। उड़ा दो गर्दन इसकी! निकाल दो बाहर अदालत से इस मोटे चूहे को! कस लो उसको बोरे में! और उखाड़ लो मूँछें उस मोटे चूहे की!"

इन हुक्मों से अदालत में एक हंगामा खड़ा हो गया। मोटे चूहे को पकड़ने, बाँधने, निकालने के सिलसिले में काफ़ी बावेला मच गया।

मोटा चूहा अपनी जान बचाने के लिए इधर-उधर छिपता फिरा, और सिपाही उसके पीछे हलकान।

''किधर छिप गया?'' एक ने पुकारा।

''मार्ची के पीछे!'' दूसरे ने घोषणा की।

दो सिपाही उसे पकड़ने दौड़े तो तीसरा चिल्लाया, ''वह गया उधर कोने में!''

फिर एक ने सावधान किया, ''उधर से छेके रहना!''

आख़िरकार हाथ आ ही गया।

मोटा चूहा रिरियाकर बोला, ''हाय, हाय, मैंने तो कुछ नहीं किया था। मुझे तो कुछ खबर नहीं, क्या हुआ! मुझे छोड़ दो! भैया, मिठाई में मिर्चें ही पड़ती हैं!''

सिपाही–अबे, रह जा। बातें बना रहा है। ले चलो इसको!

मोटा चूहा–दुहाई है, दुहाई है! इनसाफ़ होना चाहिए। मैं एक गरीब चूहा हूँ। भैया मार्ची ख़रगोश, बचाओ।

मार्ची ख़रगोश चुपचाप अपनी जगह पर कान दबाए बैठा रहा।

'ले चलो इसको!' ले चलो बाहर!' के शोर में सिपाही उसे बाहर घसीटकर ले गए।

बादशाह–चलो, क़िस्सा पाक हुआ। अब दूसरा गवाह बुलाओ!

सफ़ेद ख़रगोश ने तीन बार बिगुल बजाया और पुकारकर कहा, ''ख़ामोश! ख़ामोश!''

बादशाह ने धीरे-से मलिका से कहा, ''प्यारी मलिका, अबकी तुम्हीं जिरह करो नए गवाह से। मेरे सर में दर्द होने लगा है।''

एलिस ने चुपके से कहा, ''देखें, अबकी किसे बुलाता है!''

सफ़ेद ख़रगोश–एलिस हाज़िर हो?

एलिस एकदम चौंककर बोली, ''आँय! मैं?'' फिर तुरन्त ही सुस्थिर होकर कहा, ''हाँ, यह रही मैं!''

एलिस का क़द इस बीच काफी बढ़ गया था। जब उठी तो उसके कपड़ों से हिलकर बहुत से 'पंचों' की मेज़ें, कुर्सियाँ वग़ैरह गिर पड़ीं और पंच लोग, यानी मेढक, तोता, बत्तख़, गिलहरी, डोडो, चूहा इत्यादि सब चें-में करते हुए एक तरफ़ को लुढ़क गए। इस पर अदालत के कमरे में जो हाय-तोबा मची, वह जल्दी शान्त नहीं हुई।

एलिस ने कहा, "हाय बेचारे, मेरी टक्कर से सब पंचों की मेज़ें गिर गईं! मैं अभी सबको ठीक से रखे देती हूँ!"

तोता—टैं! टैं! टैं!...मैं पिस गया तेरे नीचे दबकर अरे डोडो!

बत्तख़—क्वैक्! क्वैक्! मेरा पंजा मेज़ के पाए के नीचे आ गया! उफ़! क्वैक्! क्वैक्!

चूहा—चीं! चीं! चीं! मुर्ग़े रे मुर्ग़े! देख तेरी चोंच मुझे चुभ गई!

मुर्ग़ा—कुड़क्! कुड़क्! कुड़क्! अरे, मैं औंधे मुँह जो गिरा नीचे आकर!

मेढक—टर्र! टर्र! टर्र! मैं तो पिच्ची ही हो गया था!

छिपकली—च्-च्-च्! हाय-हाय! च्-च्-च्! मेरी दुम तो फट ही गई! हाय-हाय! च्-च्-च्!

गिलहरी—खैर, छिपकली की दुम तो फिर जम जाएगी। यह कहो, जान बच गई।

धीरे-धीरे यह सब शोर कुछ मद्धिम हुआ।

एलिस—बादशाह सलामत, अब तो सब अपनी-अपनी जगह रखे गए! सबको उनकी सीटें भी मिल गईं!

बादशाह ने चेतावनी देने के स्वर में कहा, "जब तक सब ठीक से नहीं बैठ जाते, गवाही नहीं ली जाएगी!"

एलिस—सबको तो बिठा दिया ठीक से मैंने...

'च्-च्च' और 'अइ-अइ' करके कराहने की आवाज़ अब भी आ रही थी। एलिस ने ग़ौर से देखा तो छिपकली उलटी रख गई थी। उसने उसे सुलटा करके बिठा दिया, फिर उसने आप-ही-आप धीरे से कहा, 'मगर इससे मुक़दमे पर तो कोई असर पड़ेगा नहीं। चाहे ये पंच सर के बल बैठें चाहे सीधा ऊपर मुँह करके।'

स्लेट पर पेंसिलें फिर किर्र-किर्र करके ज़ोरों से चलने लगीं।

सफ़ेद ख़रगोश—ख़ामोश! ख़ामोश! अब अदालत की कार्यवाही

शुरू होती है।

बादशाह–हाँ, तो इस मामले में क्या और कितना जानती हो?

एलिस–कुछ नहीं।

बादशाह–कुछ भी नहीं? ज़रा भी नहीं?

एलिस–रत्ती-भर भी नहीं।

बादशाह गम्भीर स्वर में बोला, ''यह बहुत ज़रूरी बात है, पंचो!''

सफ़ेद ख़रगोश ने बात को ठीक करने के ढंग से, गर्दन हिलाते हुए, आहिस्ता से कहा, ''हुज़ूर, बादशाह सलामत, आपके कहने का मतलब 'ग़ैर-ज़रूरी' है न? 'ग़ैर-ज़रूरी', 'जरूरी' नहीं।''

बादशाह ने जवाब दिया, ''हाँ, ग़ैर-ज़रूरी, बहुत ग़ैर-ज़रूरी बात है।'' इसके बाद वह सोचता हुआ-सा आप-ही-आप दोहराने लगा, ज़रूरी...ग़ैर-ज़रूरी?...ग़ैर-ज़रूरी...ज़रूरी।...'

एलिस ने पंचों को देखा तो उनमें से कुछ 'ज़रूरी' लिख रहे थे, कुछ 'ग़ैर-ज़रूरी।' 'ऊँह!' उसने सोचा, 'इससे कौन बड़ा फ़र्क पड़ा जाता है!'

ग्रिफ़िन ने बहुत धीरे से एलिस से कहा, ''एलिस, देखो, उधर बादशाह अपनी नोट-बुक में कुछ लिख रहे हैं।''

बादशाह बोला, ''ख़ामोश हो जाओ!'' फिर खाँसकर उसने कहा, ''हमारी दफ़ा बयालीस कहती है कि जो एक मील से ज़्यादा लम्बे लोग हों, अदालत उनको बाहर कर दे!''

इस पर एक हलका-सा शोर अदालत में होने लगा। सब आपस में इस तरह की कानाफूसी करने लगे–

''एलिस, एक मील लम्बी!'' ''नहीं!'' ''क्यों नहीं?'' ''बल्कि ज़्यादा!''

एलिस–मैं तो कहीं नहीं एक मील लम्बी!

बादशाह ने बहुत ज़ोर देकर कहा, ''हो!''

मलिका भी बहुत तीखी आवाज़ में कड़ककर बोली, "कैसे नहीं हो! बल्कि करीब-करीब दो मील लम्बी हो।"

एलिस—ख़ैर चाहे जितनी भी लम्बी होऊँ, मैं तो यहाँ से बाहर नहीं जाऊँगी। मुकदमा पूरा देखकर ही जाऊँगी। और फिर यह असली क़ायदा नहीं मालूम होता। आपने अभी-अभी बनाया है।

बादशाह—नहीं, यह हमारे यहाँ की सबसे पुरानी दफ़ा है।

एलिस—तब तो यह पहली दफ़ा होनी चाहिए थी।

बादशाह उसके तर्क से भौंचक्का-सा रह गया। उसके मुँह से केवल 'आँय!' ही निकला। उसने नोट-बुक फट् से बन्द कर दी। फिर कुछ काँपती हुई-सी आवाज़ में बोला, "पंचो...अ...पंचो...अ...अब सोच लो अपना फ़ैसला!"

सफ़ेद ख़रगोश बड़े उत्साह और जोश से एकाएक बोला, "हुज़ूर सरकार अदालत, घबराएँ नहीं। अभी और सबूत पेश होंगे। यह देखिए, यह पर्चा अभी पड़ा मिला है।"

मलिका—क्या लिखा है इसमें?

सफ़ेद ख़रगोश ने कहा, "हुज़ूर सरकार, मैंने अभी इसे खोला नहीं है।" फिर अपने शब्दों को बहुत गम्भीरता से तोल-तोलकर बोला, "मगर मालूम होता है कि मुजरिम का लिखा दस्ती ख़त है। किसी के नाम लिखा गया है।"

बादशाह—ज़रूर, ज़रूर। किसी को ज़रूर लिखा गया है। किसी को नहीं लिखा गया है, यह कैसे हो सकता है?

बत्तख़ पंच ने इस पर 'क्वैक्! क्वैक्!' करके पूछा, "हुज़ूर यह किसको लिखा गया है, ज़रा मालूम किया जाए!"

सफ़ेद ख़रगोश—हुज़ूर सरकार, इस पर तो कोई अता-पता नहीं! ऊपर तो कुछ लिखा नहीं मिलता, कम-से-कम!

बादशाह ने उसे खोलने का हुक्म दिया। मीर मुंशी सफ़ेद ख़रगोश

ने उसे खोला।

खोलते ही कुछ ताज्जुब से उसने कहा, "अरे हुज़ूर, यह खत नहीं, यह तो कुछ पद हैं, पद। किसी ने कुछ पद्य लिखे हैं।"

तोता पंच–टाँय! टाँय! टाँय! हुज़ूर लिखावट मुलज़िम की तो नहीं, ज़रा दरयाफ़्त किया जाए।

सफ़ेद ख़रगोश–"नहीं हुज़ूर। मुलज़िम की लिखावट नहीं है। यही बात तो और भी अचम्भे में डालती है।"

बादशाह ने इस बात पर गम्भीरता से सोचकर कहा, "यह भी हो सकता है कि मुलज़िम ने किसी दूसरे की लिखावट में बनाकर लिखा हो।"

कुछ पंच एक स्वर से बोले, "हाँ, हाँ। हो सकता है। ज़रूर-ज़रूर!"

पान के ग़ुलाम ने गिड़गिड़ाकर अर्ज की, "हुज़ूर सरकार, बादशाह सलामत, यह आपका ग़ुलाम सिर्फ़ इनसाफ़ की भीख माँगता है। इसका क्या सबूत कि यह पर्चा मैंने लिखा। इस पर तो किसी का दस्तख़त भी नहीं है।"

बादशाह ने बड़े उत्साह से मेज़ पर मुक्का मारकर कहा, "अगर तुम ईमानदार आदमी होते तो पर्चे पर दस्तख़त ज़रूर करते। न करने से तो तुम्हारा जुर्म और भी संगीन हो जाता है!"

बादशाह के इस तर्क पर चारों ओर से बधाइयाँ मिलने लगीं।

"क्या दो टूक इनसाफ़ है!"

"वाह-वा। इसको कहते हैं इनसाफ़!"

"वाह, खूब कहा!"

"क्यों न हो, जब अदालत की कुरसी पर ख़ुद बादशाह सलामत विराजमान हैं!"

मलिका ने ऊँचे स्वर में घोषणा की, "बस जुर्म साबित हो गया!"

इस पर एलिस ने भी ज़ोर से कहा, "क्या साबित हो गया, ख़ाक! कुछ भी साबित नहीं हुआ। अभी किसी को यह भी तो मालूम नहीं, कि पर्चे में लिखा क्या है।"

बादशाह–हाँ, हाँ, पढ़ दो उसको।

सफ़ेद ख़रगोश–हुज़ूर सरकार, कहाँ से शुरू करूँ?

बादशाह ने गम्भीरता से आदेश दिया, "शुरू से पढ़ना शुरू करो और पढ़ते जाओ; जब तक पूरा पर्चा ख़त्म न हो जाए! जब ख़त्म हो जाए, तब रुक जाओ। बस। समझ गए?"

सफ़ेद ख़रगोश बोला, "जी हुज़ूर, सरकार।" और उसने धीरे-धीरे, एक-एक शब्द और पंक्ति पर रुकते हुए पर्चे को पढ़ना शुरू किया–

"मुझे बताया सबने आकर
तुम पहुँचे उस महिला के घर।
एक व्यक्ति को मेरा परिचय
दिया–कि सज्जन हूँ मैं निश्चय
तैर नहीं सकता पर निर्भय।
उन्हें सूचना जो उसने दी
–वह सब है मालूम हमें भी।
मैंने उस दिन राह न पाई।
यदि महिला ने बात बढ़ाई,
फिर तो मेरी शामत आई।

एक दी उस महिला को मैंने।
दो दीं उस जन को उन सबने।
तीन मुझे दीं तुमने, लेकिन
उससे सारी-की-सारी गिन
लीं तुमने।–था मेरा ही रिन।

इसी मामले में वह महिला
या मैं फँसता हूँ तो, पहिला
हमें तुम्हारा ही है सम्बल।–
हमें छुड़ा लोगे तुम निज बल।
हम फिर होंगे जैसे थे कल।

इसके, उसके और अपन के
तुम्हीं बीच में थे आ धमके।–
यही धारणा मन में जमके

बैठ गई थी। (तब उस स्त्री पर
पड़ा न था दौरे का चक्कर।)

देखो वह जन जान न पावे,
महिला को यह अति ही भावे।
इस रहस्य को सबसे गोपन
रखना होगा। बस मेरा मन
जाने इसको, या तेरा मन।''

बादशाह–यह तो इस मुक़दमे में बहुत ही ज़रूरी सबूत पेश हुआ है।

एलिस–देखिए, अगर इस अदालत में कोई भी इन पदों का अर्थ बता दे, मैं अभी उसे छह पेंस दूँ। इसमें कानी उँगली के नाख़ून के बराबर भी अर्थ नहीं है।

बादशाह ने धीरे से आप-ही-आप हकलाते हुए कहा, 'कैसी लम्बी, लमढींग गवाह है। पू-पू-पाँच मील तो ऊँची हो-होगी ज़रूर! बू-बू-बाप रे बाप!'

पंचों की पेंसिलें बराबर कर्र-कर्र चल रही थीं।

एलिस ने अपने मन में सोचा, 'मैं शायद अब तो अपने पूरे क़द में आ गई हूँगी...क़रीब-क़रीब! उँह क्या कर लेंगे बादशाह मेरा, अब?'

बादशाह पंचों से बोले, ''पंचो, पिछला बयान लिख लिया?''

बहुत-सी आवाज़ें आईं, ''जी हुज़ूर! जी हुज़ूर!''

बादशाह बोला, ''तो अगर इन पदों में कोई अर्थ नहीं है, तो चलो, छुट्टी हुई। हम क्यों अपना मगज़ ख़राब करें इसके पीछे?'' फिर कुछ सोचकर कहा, ''मगर रुको, ऐसा नहीं हो सकता। मुझको तो कुछ-कुछ लगता है कि इसमें बहुत गूढ़ अर्थ है। देखो...लिखता है कि 'तैर नहीं सकता'...मैं...मैं...पान के ग़ुलाम, तुम तो तैरना नहीं जानते

बिलकुल...कि जानते हो?"

पान का ग़ुलाम—नहीं, हुज़ूर सरकार! तैरूँगा तो डूब ही जाऊँगा, सरकार!

बादशाह बोला, "हाँ तो यहाँ से साफ़ हुआ। अच्छा, आगे? 'वह सब है मालूम हमें भी।' 'हमें', यानी पंचों को। यह भी साफ़ है। अच्छा, अब इसके आगे? 'एक दी उस महिला को मैंने...' बहुत ख़ुश होकर बादशाह ने कहा, "हाँ, देखो मिठाइयाँ, किस तरह बँटी! इसका अर्थ साफ़ मिठाइयाँ है!"

एलिस—पर आगे देखिए। वह कहता है कि 'दो दीं उस जन को उन सबने। तीन मुझे दीं तुमने, लेकिन उससे सारी-की-सारी गिन लीं तुमने।"

बादशाह ने बड़े गर्व और ख़ुशी के स्वर में कहा, "ये देखो, आ गईं न यहाँ! ये रक्खी हैं सामने। यह तो आईने की तरह साफ़ है। और आगे भी देखो। 'तब उस स्त्री पर पड़ा न था दौरे का चक्कर।'"

यहाँ रुककर बादशाह ने अपनी ऐनक में से मलिका की ओर देखा, और बड़ी मुलायमियत से रुक-रुककर पूछा, "प्यारी मलिका, तुम्हें कभी चक्कर तो नहीं आते थे? क्यों?"

मलिका की भवें तनी हुई थीं। दाँत भींचते हुए उसने चीख़कर कहा, "कभी नहीं!"

बादशाह ने इत्मीनान से कहा, "बस, अब पंच अपना फैसला दें!"

मलिका—नहीं, नहीं, पहले सज़ा, फिर फ़ैसला!

इस पर एकाएक एलिस के मुँह से निकला, "कैसी अनोखी और वाहियात बात! पहले सज़ा, फिर फ़ैसला! कहीं सुना होगा ऐसा!"

मलिका—बे-अदब! ज़बान सँभाल अपनी! ख़बरदार जो फिर बोली।"

एलिस भी अब ताव में थी। उसने अकड़कर जवाब दिया, "मैं तो बोलूँगी, और फिर बोलूँगी!"

मलिका ने चिल्लाकर हुक्म दिया, "सर उड़ा दो इस गुस्ताख

लड़की का!"

एलिस उसकी तरफ़ मुँह बिचकाकर उसी शान से बोली, "आह, यहाँ कौन करता है तुम्हारी परवाह! अरे, तुम सब निरे ताश के पत्ते ही तो हो!" और उनकी रँगी हुई-सी शक्लों पर उसे हँसी भी आ गई। फिर उसने उनकी तरफ़ देखकर एक ज़ोर का ठहाका लगाया जो अदालत के पूरे हॉल में गूँज गया। सब कुछ जैसे हिल उठा और थरथरा उठा। वहाँ ऐसा शोर-सा होने लगा जैसे जंगल में हवा के अन्धड़ से पत्ते टूट-टूटकर इधर-उधर उड़ रहे हों।

एलिस के कान में कोई बार-बार कह रहा था, "एलिस, उठो, उठो! देखो, सब सूखे पत्ते मुँह पर गिर रहे हैं। शाम हो गई। तुम तो काफ़ी सोई। मेरा तो मोजा भी बुनकर खत्म हो गया और जो किताब मैं पढ़ रही थी वह भी। तुम अभी तक उठी ही नहीं।"

"अरे!..." जमुहाई लेकर आँखें मलते हुए उसने देखा, "अरे, हम यहाँ कहाँ हैं...जीजी...तुम हो...आह, जीजी, बहुत अजीब सपना देखा है मैंने कि क्या कहूँ! आह...वह सब कहाँ उड़ गया। मैंने वो डाँटा है पान की बेगम को कि सबके छक्के उड़ गए। सारी अदालत, ताश के पत्तों की तरह सारी हुकूमत छू-मन्तर हो गई! और वहाँ कैसे-कैसे अजीब-अजीब दोस्त मुझे मिले। ग्रिफ़िन...सचमुच का ग्रिफ़िन, जीजी!... और वह चेशायर पूस..."

उसकी बातें याद करके वह खिलखिलाकर हँस पड़ी।

"खूब छकाया उसने भी। ह-ह-ह! उसकी वह चौड़ी मुस्कराहट! और जीजी, वह हैटवाला...उसने तो कोर्ट में ऐसे तमाशे किए कि क्या कहूँ। पर बेचारे मोटू पर बेकार की पड़ी!..."

जीजी—यह तू क्या कहे जा रही है! मेरे कुछ समझ में नहीं आया। चल चाय का वक्त हो गया है। वहीं सबको सुनाना। तू तो ऐसी पड़कर सोई कि बस! देख गायें खेत से रँभाती हुई लौट रही हैं। कहीं दूर गिरजे

का घंटा बज रहा है। पंछी भी सब अपने-अपने बसेरों को लौट चले। आओ, नहीं तो देर हो जाएगी।

एलिस—हाँ, और दीना पूसी भी तो मुझे ढूँढ रही होगी चाय की मेज़ के पास।...आह, कैसा बढ़िया सपना था। मैं ममी को अभी सब पूरा-का-पूरा सुनाऊँगी। और दीना पूसी से मुझे अभी बहुत-सी बातें अकेले में पूछनी हैं।

●●●